DIE TIERÄRZTIN UND DER COWBOY

THE ROCKAWAYS, COLORADO

OLIVIA SANDS

HANDLUNG

Tiere heilen, Herzen flicken, die Ranch retten.

Bianca Reynolds folgte einst ihrem Traum und tauschte die vertraute Weite der Familienfarm gegen das geschäftige Treiben der Großstadt, um Tierärztin zu werden. Jahre später zwingt sie eine Verletzung ihres Vaters zur Rückkehr. Doch die Rückkehr in die Heimat weckt Zweifel: Hatte sie damals die richtige Entscheidung getroffen? Sofort steht sie im Konflikt mit **Luke Swenson**, dem attraktiven und sturen Vorarbeiter der Ranch, der Bianca alles andere als mit offenen Armen empfängt.

"Die Tierärztin und der Cowboy" ist eine herzerwärmende Geschichte voller Charme, Leichtigkeit und einer sanften, knisternden Romanze. Sie erzählt vom Zauber der Heimat, der Kraft der Heilung und dem Mut, auf sein Herz zu hören. Vor der malerischen Kulisse der Rocky Mountains erleben wir mit, wie sich Bianca und Luke von Kontrahenten zu Seelenverwandten entwickeln.

Fang heute an zu lesen und lass dich von dieser Wohlfühlgeschichte verzaubern!

VORWORT

Jedes Buch der KENTUCKY GREEN-Serie kann als abgeschlossener Roman gelesen werden.

Werden Sie Mitglied von Olivias VIP-Lesergruppe, um Gratismaterial und Neuigkeiten zu erhalten.

https://oliviasands.com/g/

Oder folgen Sie Olivia auf:

* https://oliviasands.com
* https://www.facebook.com/OliviaSandsAuthor
* https://www.instagram.com/oliviasandsauthor/
* https://twitter.com/byOliviaSands

KAPITEL 1

BIANCA

„Okay, Mr. Pooksie, halt einfach noch eine Sekunde still“, sagte Bianca Reynolds beruhigend, während sie mit ihrer Pinzette in das schlabbrige Ohr griff. Sie hatte bereits zehn Minuten in den Ohren des Hundes herumgestochert und selbst das geduldigste Haustier würde an diesem Punkt seine Grenzen erreichen. „Ich habe nur noch eine... und da haben wir es!“

Auf dem Stahltisch vor ihr schüttelte Mr. Pooksie, ein junger braun-cremefarbener Spaniel, den Kopf, als Biancas Assistentin seinen Kopf losließ und er sich frei bewegen konnte. Er sprang auf und schüttelte sich erneut, bevor er das Maul öffnete und zweimal bellte.

„Nun, wir müssten das nicht tun, wenn du dich von den hohen Gräsern im Summit Park fernhalten würdest“, argumentierte Bianca spielerisch, während Mr. Pooksie den Kopf neigte. Sie kratzte an der Basis seines Schädels und lächelte, als der Hund sich schnell wieder für sie hinsetzte. „Ich wette, du willst jetzt deine Belohnung für brave Hunde, oder?“

Ein wedelnder Schwanz verriet Bianca, dass genau das Mr. Pooksies Wunsch war, also versteckte sie seine

Entwurmungspille in dem weichen Hundeteig. Sicher, es war albern und kaum eine Belohnung, wenn man bedachte, dass Medizin in dem Leckerchen versteckt war. Aber es war besser für Hunde als viele Käsesorten. Diese konnten bei manchen Hunden Blähungen verurschane, wenn nicht Schlimmeres, falls der Körper des Hundes von den Schimmelarten, die zur Reifung verwendet wurden, überfordert war.

Ein paar Minuten später war Mr. Pooksie zurück in den Armen seiner Besitzerin, einer freundlichen, liebevollen Dame, die den Hund völlig verwöhnte. Als verwitwete Mutter, deren Söhne ausgezogen waren, war Mr. Pooksie derzeit der Empfänger all ihrer täglichen mütterlichen Instinkte. „Wie war er, Dr. Reynolds?“

„Immer ein braver Junge“, versicherte Bianca ihr, während sie eine Papiertüte mit Pooksies Medizin überreichte. „Die Impfungen sind auf dem neuesten Stand, sein Floh- und Zeckenbad war blitzsauber und er ist wunderbar manikürt. Tun Sie mir nur einen Gefallen, Mrs. Davis? Ich weiß, Sie mögen es, ihn nach draußen zu bringen, aber halten Sie ihn bitte von den hohen Gräsern fern. Fingerhüte sind kein Spaß in Spanielohren, sie verfangen sich in den Ohrhaaren und das sind schlechte Nachrichten.“

Mrs. Davis seufzte und kuschelte sich an ihren geliebten Hund. „Ich weiß, ich weiß. Aber der Züchter sagte, Pooksie sei ein Outdoor-Hund, und so lässt es sich wirklich nicht vermeiden.“

Bianca sagte nichts, wissend, dass ihr nicht zugehört werden würde. Ja, Spaniel waren ursprünglich Jagdhunde. Aber Mr. Pooksie war ein King Charles Spaniel, eine Rasse, die besser darin war, auf Schößen zu sitzen als Runden zu laufen. Nicht, dass der Hund keine Bewegung bräuchte, die Rasse neigte zu Diabetes und Fettleibigkeit. Trotzdem...

„Wissen Sie, Mrs. Davis, Spaniel wie Mr. Pooksie wurden aus Rassen entwickelt, die Wasser lieben“, bot sie in einem Versuch an, dem kleinen Hund zu helfen. „Und es wäre auch großartig für seine Knie. Seine Rasse bekommt Arthritis schlimmer als einige andere. Sie haben doch einen Teich oder so etwas in Ihrer Nachbarschaft, oder?“

„Hm“, erwiderte Mrs. Davis, ein Gedanke keimte offensichtlich in ihrem Kopf. „Ich werde es versuchen. Meine Jungs haben mir gerade einen Pool im Haus bezahlt, da ich nicht nach Texas ziehen werde.“

„Zu heiß dort“, bemerkte Bianca sofort und Mrs. Davis lachte. Bianca hatte von den ersten Tagen an, als Mrs. Davis mit ihrem kleinen Hund aufgetaucht war, von den Davis-Brüdern gehört, und die Hitze war das Erste, worüber sich beide Frauen einig waren. „Zumindest in den Sommermonaten würde ich mich jeden Tag für Colorado entscheiden. Im Winter... Ich schätze, deshalb haben wir Mäntel.“

„Kamine auch“, sagte Mrs. Davis. „Ich meine, ich verstehe, warum sie es getan haben. Die Steuern sind besser und all das. Aber sie sind gute Jungs und haben sich schön eingelebt. Und sie haben mir Mr. Pooksie geschenkt.“

Bianca kicherte und rieb Pooksies Rücken. „Und Sie lieben es, ihn zu verwöhnen.“

„Deshalb bestehe ich darauf, dass er nur zu Ihnen kommt, Sie sind die Beste“, sagte Mrs. Davis. „Danke, Dr. Reynolds.“

Mrs. Davis ging und Bianca streckte erleichtert die Arme über den Kopf, wissend, dass dies ihr letzter Termin für heute war. Nachdem sie sichergestellt hatte, dass die Abrechnung mit dem Personal an der Rezeption in Ordnung war, ging sie zurück ins Hauptbüro, wo der leitende Tierarzt der Klinik, Dr. Cobb, auf seiner Tastatur tippte. „Hey Keith, ich habe gerade meinen letzten Termin beendet."

Er blickte auf und rückte seine runden Brillengläser zurecht, von denen Bianca immer gedacht hatte, dass sie ihn ein wenig wie einen Jeff Goldblum aussehen ließen, der Wohnungen verkauft. Im Gegensatz zu dem Schauspieler konnte Dr. Keith Cobb seine Brille jedoch nie länger als fünf Minuten an Ort und Stelle halten, und während Operationen musste sie mit chirurgischem Klebeband fixiert werden, um das OP-Protokoll einzuhalten. „Alles erledigt, was? Das ist schade, ich werde dich vermissen."

„Es ist ja nur für einen Monat oder so", erinnerte ihn Bianca gerührt. Sie war immer noch die „Junior"-Tierärztin in der Klinik, aber es war schön zu wissen, dass ihre Fähigkeiten und Bemühungen nicht nur von den Patienten und ihren Besitzern, sondern auch vom Personal geschätzt wurden. „Es ist ja nicht so, als würde ich für immer gehen. Und ich bin in Reichweite, falls Ollie oder einer der Praktikanten krank wird."

Cobb kicherte. „Ist Krankheit nicht der Grund, warum du deinen Vater pflegen gehst? Du kannst nicht zwei Personen gleichzeitig versorgen, oder?"

Bianca zuckte mit den Schultern und setzte sich auf einen der Stühle im Büro. „Du hast recht, obwohl es eine Verletzung ist, keine Krankheit. Trotzdem braucht Dad mich. Er ist seit Moms Tod allein auf dieser großen Ranch. Zumindest nachdem die Arbeit aufhört und die Arbeiter abends alle nach Hause gehen."

„Und ein Pferd, das auf einen fällt, macht in keinem Alter Spaß", bemerkte Cobb. „Die Wahrheit ist, dass es bewundernswert ist, dass du ihm bei der Genesung von seiner Operation hilfst. Ich bezweifle, dass mein Sohn kommen würde, um mich zu pflegen, wenn ich eine Stange in mein Bein eingesetzt bekommen müsste."

„Vergiss das Knie nicht", sagte Bianca. „Das wird laut seinen Ärzten der schwerste Teil für ihn werden. Wenn jemand sein hinteres Kreuzband ersetzt bekommt, will man normalerweise, dass er das Gelenk so schnell wie möglich bewegt und beugt."

„Schwer zu tun, wenn man gebrochene Knochen mit im Spiel hat", beendete Cobb und Bianca stöhnte zustimmend. Sie waren zwar keine Ärzte für Menschen, aber als Tierärzte kannten sie viele Säugetierarten und verstanden mehr als die meisten Menschen. „Ich bin sicher, du wirst dein Bestes geben."

„Ich habe schon gepackt und Dad wird einige der Sachen, die ich mitbringe, nicht mögen", sagte Bianca. „Aber wenn er sein Knie nicht beugen kann, kann ich ein EMS-Gerät und eine Massagepistole verwenden, um so viel Muskeltonus und Geschmeidigkeit wie möglich zu erhalten."

„Der Gips wird nicht stören?"

„Ich habe mit ein paar Studienfreunden gesprochen, denselben, die mich mit den EMS-Experten in Kontakt gebracht haben, und die haben mir gesagt, wo ich seinen Gips „anpassen" kann und ihn trotzdem fixiert halten kann, bis sie ihn zu einem Gehgips zuschneiden."

„Viel Glück, obwohl ich wette, sein Arzt wird nicht allzu begeistert sein." Cobb schmunzelte. „Tu mir nur einen Gefallen. Wenn du zurück bist, sag mir, wer sich mehr beschwert, menschliche oder tierische Patienten."

Bianca lachte. Sie kannte die Antwort, noch bevor sie ihrem Vater half. „Definitiv Menschen. Hunden kann man immer mit einer Bauchstreicheleinheit helfen. Die meiste Zeit sind menschliche Patienten damit nicht einverstanden."

„Und bei denen, die es sind, willst du keine Bauchstreicheleinheiten geben", konterte Cobb scherzhaft und beide lachten. „Fahr vorsichtig, Bianca. Und bleib in Kontakt."

Bianca nickte und stempelte aus. Es war kurz nach drei Uhr nachmittags, sie hatte die Frühschicht in der Klinik aus diesem Grund übernommen. Sie wollte den Berufsverkehr bei der Ausfahrt aus der Stadt verpassen und als sie auf dem Highway gen Süden aus Colorado Springs raus und in Richtung Pueblo fuhr, wusste sie, dass sie das Stadtleben vermissen würde. Sicher, Colorado Springs war nicht Denver oder eine der „großen" Städte. Aber sie mochte es, um Mitternacht frische Donuts zu bekommen, wenn sie wollte, oder rund um die Uhr einkaufen zu können. Sie mochte es, online eine Bestellung aufgeben zu können und zu wissen, dass sie innerhalb eines Tages vor ihrer Haustür sein würde.

So war es früher nicht gewesen. Damals hatte sie immer lange fahren müssen, um irgendwo hinzukommen, und obwohl die Ranch ihrer Familie näher an der Nordostseite von Pueblo lag als damals, als sie ein kleines Mädchen gewesen war, hätte niemand die Umgebung als städtisch bezeichnet. Trotzdem sah sie, als sie an der bekannten Ausfahrt von der I-25 abfuhr, etwas Neues. „Sieht so aus, als wäre der gute alte Rocky Mountain High in die Nachbarschaft gekommen", sinnierte sie, als sie ein neues Alkoholgeschäft neben der alten Raststätte sah, die die erste „Nadel" auf der Karte in der Gegend war. Nicht, dass Alkohol ihr Ding war, aber sie würde den Leuten keinen Vorwurf machen. „Persönlich hätte ich einen schicken Kaffee-Laden bevorzugt."

Sie bog rechts ab und fuhr unter der Autobahn hindurch, um in das Gebiet zu gelangen, das zu klein war, um als Stadt bezeichnet zu werden, und zu groß, um wirklich als Dorf bezeichnet zu werden.

Trotz Pueblos jüngster Expansion nach Norden war das gemeindefreie Gebiet etwa ein Drittel entlang der Autobahn nach Colorado Springs immer noch so ländlich wie eh und je, obgleich die Rockaways scherzhaft als die reichen Rockaways bezeichnet wurden. Es war ein Witz, der in den fünfziger Jahren von New Yorkern begonnen wurde, die nach dem Zweiten Weltkrieg in die Gegend gezogen waren, um zu arbeiten. Ein Wortspiel in Verbindung mit dem stillgelegten Kieswerk, das von der heutigen Granite Road bedient wurde.

Mit dem Steinbruch kam eine Raststätte, die dazu führte, dass sich Rancher wegen des billigen Landes niederließen, was wiederum zu einer kämpfenden, bestenfalls zur Arbeiterklasse gehörenden Nachbarschaft führte. Was als ironischer Name begann, der von heimwehkranken Auswärtigen gegeben wurde, blieb auch nach der Schließung des Steinbruchs hängen, und nun stand das Rockaway Center als Zentrum der Nachbarschaft.

Vieles im Center war noch das Gleiche. Es war nicht schick, ein dreißig Jahre altes Einkaufszentrum, das in einem zweckmäßigen Stil gebaut wurde und hauptsächlich deshalb durchhielt, weil es innerhalb von zehn Minuten Fahrt keine Konkurrenz gab. Da war das alte Fitnessstudio, eine Sammlung von Eisen und Stahl, das von den örtlichen Arbeitern genutzt wurde, die nicht danach strebten, sich in Muskelpakete zu verwandeln, sondern stark zu werden oder einfach nur überschüssiges Testosteron ohne den Einsatz von Alkohol abzubauen.

Der Supermarkt hatte einen anderen Namen. Der alte war etwa fünf Jahre zuvor von einer der großen nationalen Ketten aufgekauft worden. Jetzt rühmte sich das Center mit dem, was Colorados kleinster „Superstore“ sein musste, aber Bianca vermutete, dass er nicht genug Kundschaft anzog, um größer sein zu müssen.

Der Parkplatz war die Schulbushaltestelle der Nachbarschaft, und sie hatte viele Nachmittage damit verbracht, mit Freunden herumzuhängen und gelegentlich in den Supermarkt des Centers zu laufen, um ein Getränk oder einen Snack zu kaufen.

Dieser Parkplatz enthielt viele Erinnerungen. Erste Schultage, warten auf die halbstündige Fahrt zur nächstgelegenen Schule. Die Fahrt war lang genug, dass sich alle langweilten und wenn Kinder gelangweilt waren, stellten sie Unsinn an.

Ihr erster Kuss war an dieser Bushaltestelle gewesen, zusammen mit ihrer ersten Schlägerei. Es war ein alter John Cougar Mellencamp Song, destilliert zu einem verbeulten Aluminiumpfosten, der am äußersten Ende eines rissigen Asphaltparkplatzes in den Beton gepflanzt wurde.

Wenn es je ein einziges Bild gab, das den gesamten Grund, warum sie weggegangen war, zusammenfassen würde, dann war es diese Bushaltestelle. Sie beendete die High School und sah nicht zurück, ging zur Tierärztlichen Hochschule in Colorado Springs, bevor sie von genau der Klinik eingestellt wurde, bei der sie ein Praktikum gemacht hatte. Dr. Cobb war von ihrer harten Arbeit beeindruckt gewesen.

Wenn sie es in Worte fassen müsste, würde sie sagen, dass sie mehr wollte, als die Rockaways zu bieten hatten. Sie wollte nicht, dass ihr Geist eingeschränkt wird. Sie wollte sicherstellen, dass sie das meiste aus dem Leben herausholte.

Sie wollte eine volle Auswahl an Leben zur Verfügung haben, nicht nur eine begrenzte Selektion.

Also war sie gegangen, und als die Straßenseiten leerer

wurden und sie aus den Rockaways herausfuhr, um in das Ranchland einzufahren, war sie sich nicht sicher, wie sie sich fühlte, wieder hier zu sein.

Dieser Heimatbesuch war anders als zuvor. Sie war natürlich schon früher zurückgekommen, aber es waren immer nur kurze Besuche gewesen. Sie war für einen oder zwei Tage, vielleicht ein langes Wochenende, zu Weihnachten oder Thanksgiving nach Hause gekommen. Aber nie für mindestens einen ganzen Monat, und in gewisser Weise fühlte es sich an, als würde sie in genau die Situation zurückgesaugt werden, der sie jahrelang zu entkommen versucht hatte.

Vor sich sah sie den weiß gestrichenen Zaun, der den Eingang zur Ranch markierte, und sie hielt an und betrachtete ihn durch die Windschutzscheibe. Er war zeitlos, eine einfache Anordnung von drei Aluminiumpfosten, die einen Stahlrahmen unterteilten, zwei Meter hoch und stark genug, um jede streunende Kuh von der Straße fernzuhalten. Eigentlich war er nach Biancas Meinung übertrieben, wenn eine Kuh per Anhalter fahren wollte, könnte sie den Stacheldrahtzaun, der die Weiden umgab, leicht niederreißen.

Widerwillig, aber wissend, dass sie es hinter sich bringen musste, schaltete sie den Motor aus und stieg aus ihrem SUV. Als sie die Tür schloss, wurde sie für einen Moment vom Wind aufgehalten. Hier auf den östlichen Hochebenen der Rockies, zu weit östlich, um richtig als Vorgebirge bezeichnet zu werden, aber zu hoch gelegen, um nicht zumindest als Fundament der großen Bergkette zu gelten, sang der Wind ihr immer ein Lied.

Es war auch immer ein anderes Lied.

Es gab Sommertage, an denen die Brise das Lied der Jugend, der Freiheit und Zukunft sang, von Landmädchen und Apfelkuchen, kurzen Shorts und Country-Musik und ehrlichem, sauberem Schweiß mit einem Hauch von Sägemehl.

Im Herbst sang die Brise von Erfüllung. Die harte Arbeit mit der Herde war getan, die Ernte eingebracht, der Schweiß konnte weggeküsst werden. Das Lied der Brise umpfiff sie mit Glückwünschen, mit Kürbissen und Gewürzen und allem, was schön war... aber auch mit den dunklen Untertönen des bevorstehenden Winters.

Die Winterwinde waren diejenigen, die Bianca am meisten hasste. Die Ranch war fast flach wie ein Pfannkuchen, und es gab nichts, was den Wind davon abhalten konnte, dir die Wärme aus den Knochen zu reißen, egal wie viele Schichten du angezogen hattest. Man konnte im Haus sein und der Wind würde durchheulen und Schnee umherwirbeln, um dich daran zu erinnern, dass der Tod auf der anderen Seite des Fensters auf dich wartete, wenn du nicht aufpasstest.

Aber das war der Winter, und jetzt war ihre Lieblingszeit des Jahres, die Mitte des Frühlings. Der Wind flüsterte von neuem Leben, und als das orangefarbene Glühen anschwoll und das Haus in der Ferne erleuchtete, wurde sie von Nostalgie überwältigt. Sicher, diese Ranch hatte ihr nicht immer gute Erinnerungen beschert. Ihre Mutter war auf diesem Land gestorben.

Dennoch war es ihr Zuhause.

Sie schloss das Tor auf, fuhr hindurch und benutzte dann den alten Trick, ihren SUV für einen Moment alleine fahren zu lassen, während sie sich beeilte, das Tor hinter ihrem kriechenden Fahrzeug zu schließen, bevor sie losrannte, um aufzuholen und einzusteigen. Es dauerte länger, als damals, als sie siebzehn war und den alten, keuchenden Chevy der Ranch fuhr. Ihr SUV kroch viel schneller. Trotzdem schaffte sie es und erreichte das Haus.

Der Anblick der Ranch war für sie wie ein weiterer Schlag der Nostalgie. Dort, an das Geländer der Veranda genagelt, war das schwarze Schmiedeeisenpferd, das der Ranch ihren Namen gab, Reynolds Iron. Es war ein weiteres Wortspiel, denn der erste Reynolds, der sich auf diesem Land niederließ, hatte die Ranch mit seinen Lebensersparnissen gekauft, als Eisenbahnarbeiter, der bis zur Fusion von 1880, die sie in die neue Union Pacific Railroad einbrachte, Lokomotiven auf der Denver Pacific Railroad fuhr. Ingenieur Simon Reynolds hatte genug und der Mann, der zwanzig Jahre lang das eiserne Pferd gefahren hatte, beschloss, stattdessen Pferde zu züchten.

Zwei Generationen und einen Weltkrieg später wichen die Pferde den Kühen, und bis heute kennzeichnet die Marke Reynolds Iron Kühe, die in der gesamten Region verkauft werden. Es hatte auch das tierärztliche Interesse einer gewissen Bianca Reynolds geweckt, und als sie vor dem Haus parkte, das kurz vor ihrer eigenen Geburt auf den Fundamenten des alten Ranchhauses gebaut worden war, spürte sie das in ihren Knochen.

Zuhause.

Sie schloss die Tür ihres SUV, streckte sich erneut und sah sich um. Seit Weihnachten hatte sich nicht viel verändert, und sie war froh zu sehen, dass im Wohnzimmer Licht brannte. Sie hatte sich Sorgen gemacht, nachdem ihr Vater ihr von seinem Unfall erzählt hatte, dass er mit einer Schiene auf der Ranch herumstolpern würde, die bevorstehende Operation hin oder her. Das war genau die Art von Mann, die er war.

Sie stieg die drei Stufen zur Veranda hinauf, aber bevor

sie nach dem Türknauf greifen konnte, öffnete sich die Tür und Luke Swenson trat heraus. Luke, die rechte Hand ihres Vaters, arbeitete seit Biancas Freshman-Jahr am College auf der Ranch. Groß, mit breiten, muskulösen Schultern, braunen Haaren und Augen in der Farbe des Colorado-Himmels, war er eine wandelnde Reklametafel für das Cowboy-Leben. Normalerweise ein Mann, der nie einen Arbeitstag verpasste, war er oft im Urlaub gewesen, wenn Bianca zuvor zu Besuch auf der Ranch war. Die Ranch stand nie still, daher war Biancas Besuch oft ein günstiger Zeitpunkt für ihn, seinen Urlaub zu nehmen, was aber gleichzeitig bedeutete, dass Bianca ihn nicht allzu gut kannte.

„Hey Luke", sagte Bianca fröhlich und lächelte. „Kümmerst du dich um Dad?"

Luke grunzte nur, seine Augenbrauen waren wolkenverhangen. „Hab gehört, du kommst zurück."

Okay dann... nun, jeder hatte das Recht auf einen schlechten Tag. Vielleicht mochte Luke es einfach nicht, ihren Vater außer Gefecht zu sehen? „Ja. Ich bringe Dad morgen zur Operation und passe dann den nächsten Monat auf, dass er nichts vermasselt. Du weißt ja, wie er ist."

„Ja."

„Also, ich hatte irgendwie gehofft, dir etwas vorzuschlagen", sagte Bianca. „Ich weiß, dass Menschen keine Pferde oder Kühe sind, aber Stress beeinflusst die Heilung. Ich hatte also irgendwie gehofft, dass du diesen Monat, wenn im Tagesgeschäft etwas schief geht, vielleicht zuerst zu mir kommst, und dann können wir zu Dad gehen, nachdem es erledigt ist?"

Luke grunzte nur erneut und trat um sie herum. „'Tschuldigung. Muss noch im Stall fertig werden."

Er ging, streifte sie fast mit seiner Schulter, als er das tat. Es ärgerte Bianca, die ihm nachsah, wie er die Stufen hinabstieg, bevor er mit geballten Fäusten in Richtung der Scheune stapfte, die etwa hundert Meter vom Haus entfernt lag.

Was war sein Problem?

War er verärgert, dass Bianca gekommen war, um sich um ihren Vater zu kümmern?

Sie wusste es nicht, aber dafür hatte sie jetzt keine Zeit. Stattdessen setzte sie wieder ein Lächeln auf und klopfte an die Tür, bevor sie sie öffnete. „Dad, rate mal! Ich bin wieder daaaaa!"

„Bee!", rief ihr Vater aus dem Wohnzimmer. „Willkommen zu Hause, Baby!"

„Ah, ah, ah, Dad!", rief Bianca, während sie zum Wohnzimmer eilte. „Ich kann schon hören, wie du dich bewegst. Versuch ja nicht aufzustehen! Ich kann dich genauso gut umarmen, während du auf dem Sofa liegst, wie wenn du stehst!"

Das war das Wichtigste, beschloss sie. Luke konnte ein Griesgram sein. Das war ihr egal. Im Moment bestand ihre Aufgabe darin, sich um ihren Vater zu kümmern und ihn gesund zu pflegen.

Wenn Luke daran etwas nicht passte, dann musste er eben damit leben.

KAPITEL 2

LUKE

Auch wenn die Menschenwelt einer Fünf-Tage-Woche folgt, gilt das nicht für Kühe und somit auch nicht für Rinderzucht. Und obwohl Luke die Wochenendschichten während der arbeitsreichen Frühjahrs- und Sommermonate normalerweise an die Saisonkräfte abgab, traf das an diesem Samstag nicht zu.

Zum einen war die volle Mannschaft an Saisonarbeitern noch nicht eingestellt. Momentan standen nur vier Arbeiter, Luke eingeschlossen, auf der Gehaltsliste. Und zwei davon waren noch zu unerfahren, um ihnen die Arbeit allein anzuvertrauen. Das bedeutete, dass Luke mindestens einen Tag am Wochenende schuften musste und das mit einem „kurzen“ Montag ausglich. Zumindest würde sich das in absehbarer Zeit ändern. Zweitens musste jemand einspringen und die Zügel in die Hand nehmen, solange der Boss wegen seiner Operation ausfiel.

Nicht, dass Luke in letzter Zeit viele Entscheidungen von Reed Reynolds guthieß. Es wurde nichts gesagt, nichts gemacht. Aber Luke war nicht dumm. Er konnte die Zeichen deuten.

Doch der dritte und wichtigste Grund, warum er an einem Samstagmorgen arbeitete, war Chief. Der große graue Wallach war das zweite Opfer des Unfalls neulich und Luke musste nach ihm sehen. Ja, Reed Reynolds' Bein war unter dem zusammenbrechenden Pferd eingequetscht worden. Die Verletzung hatte sich noch verschlimmert, als der verängstigte Chief wieder auf die Beine kam, nur um den schreienden Reed zehn Meter mitzuschleifen, bis sein Stiefel aus dem Steigbügel rutschte.

Aber auch Chief hatte etwas abbekommen und diese Verantwortung lastete nun auf Lukes Schultern. Also fand er sich im Pferdestall wieder und untersuchte vorsichtig ein sehr schmerzerfülltes linkes Hinterbein.

„Ganz ruhig, Großer." Luke strich dem Pferd über die Flanke und das Bein hinab. „Lass uns sehen, ob wir es mit einer Prellung, einer Verstauchung oder Schlimmerem zu tun haben."

„Du solltest einen Tierarzt holen."

Luke blickte auf und sah Bianca Reynolds am Eingang des Stalls stehen, für das Ranchleben fast schon lächerlich gekleidet. Die Jeans passten, vielleicht sogar ein bisschen zu gut, wenn man bedachte, wie sie an ihrem athletischen Körper saßen und sie größer wirken ließen als die knapp 1,70 m, die sie maß.

Aber sie trug ein fliederfarben-lila T-Shirt mit Cartoon-Welpen drauf - mit großen, hinreißenden Augen und niedlichen, glitzernden Herzchen. Es war das genaue Gegenteil eines Ranch-Hemdes und etwas, was ein Ranchmädchen wissen sollte. Es war kaum zu glauben, dass Bianca es trug, obwohl sie hier aufgewachsen war.

Zu allem Überfluss komplettierten hellbraune Militär-Kampfstiefel den bizarr unwirklichen Look. Luke konnte nicht begreifen, wie sie auf die Idee kam, sich so anzuziehen.

Und doch stand sie da, sah hinreißend und lächerlich zugleich aus. Sie war erst seit ein paar Tagen zurück und wirbelte mit ihrer Anwesenheit schon alles durcheinander.

„Ich arbeite mit Pferden, seit ich acht bin", entgegnete Luke und wandte sich wieder Chief zu, um erneut über die Sehne am Hinterbein zu fahren. „Ein Tierarzt findet nichts, was ich nicht auch finden kann, zumindest nicht ohne tausende Dollar für Untersuchungen auszugeben."

„Als Tierärztin finde ich das mehr als nur ein bisschen beleidigend." Bianca betrat den Stall.

Luke wollte ihr gerade sagen, sie solle sich von einem verletzten Pferd fernhalten, besonders von Chief, der bei Fremden immer schreckhaft war. Doch er hielt inne. Bianca wusste eindeutig, was sie tat. Sie näherte sich dem Wallach von der linken Seite, stellte sicher, dass er sie gut im Blick hatte, bevor sie langsam die Hand ausstreckte und sie beruhigend auf seinen Hals legte.

„Ganz ruhig, großer Chief. Ist schon 'ne Weile her, dass wir zusammen abgehangen haben, hm?"

„Hab ich vergessen. Du kommst ja hin und wieder", räumte Luke widerwillig ein. „Und dass du Tierärztin bist. Aber Stadttierärztin eben."

„Als ob das einen Unterschied macht?", fragte Bianca, die haselnussbraunen Augen funkelten verärgert. „Es ist nicht mehr wie in 'Der Doktor und das liebe Vieh' heutzutage, weißt du. Ich wurde in vielen Bereichen ausgebildet und weiß, wie man mit allen Arten von Tieren umgeht."

„Hunde sind keine Pferde", konterte Luke.

„Nein, Pferde sind viel zerbrechlicher als die meisten Hunde", erwiderte Bianca, während sie um Chief herumschlenderte, um neben Luke zu stehen. „Zeig mir jetzt, was mit ihm los ist."

„Dein Vater ist wegen eines Erdbaus abgeworfen

worden“, sagte Luke. „Erdhörnchen, vermute ich. Ich habe mir die Stelle angesehen, als ich deinen Dad aufgehoben habe. Chief hatte Glück, er ist in einen Bau getreten, der flach und breit war. Anstatt sich das Bein zu brechen, brachte es ihn zum Straucheln und er landete auf deinem Vater, bevor Chief wieder hochsprang und ihn mitschleifte. Da hat sich Reed übrigens das Knie übel zugerichtet.“

„Oh nein!“, rief Bianca aus. Für einen Moment wollte Luke etwas über ihr unnötiges Mitleid für Reed sagen, doch dann streichelte sie Chiefs Rücken. „Du armes Baby! Du musst schreckliche Angst gehabt haben!“

Ein Pluspunkt für Bianca, zumindest aus Lukes Sicht.

„Ich habe Chief seitdem im Stall und führe ihn nur kurze Strecken, um zu sehen, wie es um das linke Bein steht. Nichts gebrochen, so viel weiß ich schon.“

„Aber es könnte alles sein, von einer Knochenprellung bis zu einer Sehnenzerrung oder einem Bänderriss“, sagte Bianca besorgt. „Wir sollten ein Röntgen machen und ein Ultraschall könnte das Problem genau lokalisieren.“

„Wird nicht passieren.“ Luke klang verärgert und traurig zugleich. Glaubte sie, er hätte nicht daran gedacht? Dass er nur irgendein Landei war, der sein Pferd mit Spucke und Klebeband flicken wollte? „Hör mal, ich kontrolliere jeden Tag, aber wenn du nachsehen willst, kannst du gerne herumtasten. Ich sage dir aber, es ist entweder eine Verstauchung oder eine Prellung.“

„Schon gut. Geh mir aus dem Weg“, knurrte Bianca frustriert.

Luke trat zurück, mehr vor Überraschung als alles andere. Er beobachtete, wie sie Chiefs Bein gründlich untersuchte, mit kräftigen Fingern und kurz geschnittenen Nägeln drückte und abtastete. Luke blieb in der Nähe des

Kopfes und sorgte dafür, dass das Pferd ruhig blieb, während er Bianca bei der Arbeit zusah.

Er musste ihr zugestehen, auch wenn es ihn viel mentale Anstrengung kostete, dass sie wusste, was sie tat. Als sie Chiefs Bein untersuchte und einen Schritt zurücktrat, zeigte ihr Gesicht echte Besorgnis. „Ich sehe, was du meinst. Wir sollten ihn trotzdem mindestens röntgen lassen."

„Wird nicht passieren", wiederholte Luke und Bianca warf ihm erneut einen zornigen Blick zu. Seufzend deutete er aus dem Stall. „Ich will ich nicht vor dem Pferd darüber reden. Das würde ihn nur aufregen."

Bianca schnaubte, nickte aber. „Schon gut."

Sie stapfte aus dem Stall, auf die offene Fläche zwischen Stall und Scheune zu. Fast genau in der Mitte des Platzes drehte sie sich auf dem Absatz um und stemmte die Fäuste in die Hüften. „Ich höre."

„Es wird kein Röntgen oder Ultraschall geben, weil sich die Ranch das nicht leisten kann", erklärte Luke unverblümt. „Erst recht nicht für einen zehnjährigen Wallach. Chief ist ein Arbeitspferd, kein Rennpferd."

„Er ist ein gutes Pferd und verdient Respekt und Fürsorge!", erklärte Bianca aufgebracht. „Und was meinst du damit, die Ranch kann es sich nicht leisten?"

„Ich meine, dass ich die Bücher ziemlich gut kenne", sagte Luke. „Und hier ist die Sache: Hundert Mäuse kostet es, bis Dr. Neidhart hierher kommt. Für die Lahmheitsuntersuchung, die du gerade gemacht hast und die ich auch kann, nochmal hundertfünfzig. Röntgenaufnahmen kosten fünfzig pro Bild. Ultraschall nochmal zweihundert. Du kannst rechnen, du warst diejenige, die studiert hat!"

„Mindestens drei Aufnahmen, macht sechshundert Dollar", räumte Bianca ein. „Na und?"

„Die sechshundert Dollar machen den Unterschied aus,

ob wir eine weitere Arbeitskraft für die Herde diesen Sommer einstellen können oder nicht. Oder ob der Motor des Gators ersetzt wird oder wir ihn noch eine Saison lang auf Sparflamme fahren und hoffen, dass nichts Größeres kaputtgeht. Und was würden uns Röntgen oder Ultraschall zeigen, das wir uns leisten könnten zu behandeln? Hm?“, schoss er aufgebracht zurück. „Hier ist die harte, kalte Wahrheit, Bianca. Das Pferd, wenn mit ihm irgendwas nicht stimmt, was man nicht mit Ruhe und entzündungshemmenden Mitteln behandeln kann, wandert in die Seifenfabrik. Ich mag die Vorstellung nicht. Er ist ein gutes Pferd, das nichts falsch gemacht hat, aber wir können uns keine Operation leisten. Die Gewinnspannen dieser Ranch sind dünner als ein Haar und das schon bevor ich berücksichtige, dass dein Vater mindestens zwei Monate flachliegt, bevor er etwas anderes als Computerarbeit erledigen kann!“

Er wurde laut, die Kiefer zusammengepresst, aber Bianca wich nicht zurück. Stattdessen sah sie ihm direkt in die Augen, ihre eigenen Augen glühten vor Wut. „Dann werde ich hier mithelfen, bis Dad wieder laufen kann“, sagte Bianca. „Vier Wochen und er kann mit einer Schiene gehen. Dann kann er zumindest wieder hierher kommen und den Gator fahren oder den Radlader benutzen, um das Futter für die Kühe zu verteilen.“

„Ich will nicht-“, erklärte Luke, doch Bianca hatte ihren Standpunkt dargelegt. Sie drehte sich um, ging davon und er presste die Zähne aufeinander, als seine Augen automatisch den schwingenden Hüften in ihrer figurbetonten Jeans folgten.

Das Shirt mochte lächerlich sein, aber diese Jeans saßen einfach perfekt.

Zurück an der Arbeit erledigte er seine Aufgaben mit Chief, massierte ein schmerzstillendes Liniment in das Bein, bevor er vorsichtig das Sprunggelenk und den Fesselkopf mit einem stützenden Verband umwickelte. Chief würde heute seinen Stand nicht verlassen, aber Luke überließ nichts dem Zufall. Außerdem würde die Kompression zusätzlich gegen Schwellungen helfen, die das Liniment nicht beseitigen konnte.

Der Rest seiner Arbeit verlief wie erwartet und als seine Uhr zwei Uhr anzeigte, war er fertig. Die Kühe im Stall waren gefüttert, die Kühe auf der Weide am richtigen Platz, die Pferde gefüttert und getränkt.

Alles war erledigt für einen Samstag. Etwas später als gewünscht, aber nichts allzu Schlimmes.

Zurück zum Haupthaus, wo er seinen Truck hinter dem Haus geparkt hatte, zuckte er zusammen, als sich die Hintertür öffnete und Reed Reynolds heraushumpelte, Krücken unter beiden Achseln.

Solltest du nicht Bettruhe halten, du Idiot? Du hattest deine OP erst vor ein paar Tagen!

Aber er war auf den Beinen, Bianca direkt hinter ihm, die sich eindeutig um ihn sorgte. Zumindest hatte sie ein großes Herz, wenn auch nicht immer das ökonomischste.

Größer als das ihren Vaters, in jedem Fall.

„Luke! Komm mal kurz rüber, ja?“, rief Reed, bevor er sich umdrehte und etwas zu Bianca sagte. Sie nickte und er stand still, während sie einen Schaukelstuhl herbeischleppte. Er ließ sich hineinsinken und lehnte sich nach vorne, bevor Bianca einen kleinen Tisch fand, um sein Bein abzustützen. Bei der Menge an Fiberglas, das momentan um sein linkes Bein gewickelt war, verstand Luke das.

„Was gibt's?“, fragte er Reed, als er zur Veranda kam. Er mochte die jüngsten Entscheidungen des Mannes nicht, aber Reed stellte die Schecks aus, zumindest vorerst.

„Bianca erwähnte mir gegenüber, dass die Ranch offensichtlich unterbesetzt ist, wo ich so flachliege“, sagte Reed.

Luke warf Bianca einen Blick zu, die mit den Zähnen knirschte und ihren Vater verärgert ansah. Offensichtlich war sie auch nicht eingeweiht in dieses Gespräch.

Reed fuhr fort: „Also hatte ich die Idee, dass ihr beide zusammenarbeiten müsst. Die Kalbungszeit steht vor der Tür und Bee kann als ausgebildete Tierärztin eine große Hilfe sein.“

„Boss, sie mag Tierärztin sein, aber nicht für Nutztiere-“

„Bianca ist auf dieser Ranch aufgewachsen und hat schon bei vielen Kalbungen geholfen, bevor sie das Studium anfing“, sagte Reed ruhig.

Offensichtlich waren sich beide Reynolds über Biancas Fähigkeiten als Nutztierärztin einig.

„Also, ich habe mich entschieden. Ich möchte, dass ihr zwei zusammenarbeitet, damit hier alles reibungslos läuft, während ich außer Gefecht bin und kaum mehr tun kann als auf dem verdammten Laptop herumzutippen. Verstanden?“

Lukes Kiefer mahlten, aber er nickte. „Verstanden.“

„Gut“, sagte Reed. „Dann nimmst du dir morgen auf jeden Fall frei. Bianca kann sich um die grundlegenden Aufgaben kümmern und gleichzeitig erledigen, was ich von ihr brauche. Am Montag könnt ihr euch zusammensetzen und einen Plan ausarbeiten, wie ihr die Dinge handhaben wollt, solange ich ausfalle. Bianca, du magst zwar meine Verwandte sein, aber Luke ist der Ranchverwalter, also hat er das letzte Wort, wenn es um den täglichen Betrieb geht. Alles klar?“

Auch Bianca, die von der Situation genauso wenig begeistert schien, nickte knapp. „Wir werden das schon hinkriegen, Dad.“

„Gut. Dann mach dich vom Acker, Luke, genieß den Rest dieses schönen Samstags. Ich werde solange hier sitzen und frische Luft schnappen."

Eindeutig entlassen warf Luke Bianca noch einen Blick zu, bevor er sich verabschiedete und zu seinem Truck ging. Beim Einsteigen knallte er die Tür zu und dann fuhr er knurrend los. Zumindest konnte er seinen Schrei der Frustration zurückhalten, bis er auf der Granite Road war, aber es war knapp.

Was zum Teufel war das? Ja, die Gewinnspannen der Ranch waren dünn, aber Reed sollte sich deswegen keine Sorgen machen müssen. Nicht, wenn die Gerüchte über seine Pläne stimmten.

Und was hatte Bianca da am Anfang des Tages mit Chief getrieben? Glaubte sie, sie konnte ihm Befehle erteilen, ihm sagen, wie er seinen Job zu machen hatte? Nur weil sie eine ausgebildete Tierärztin war, machte sie das noch lange nicht zur Königin aller Tiere.

Sie sah aber verdammt gut aus.

Richtig gut.

Und wenn er ehrlich zu sich war, erregte ihn die Prise Frechheit, die sie während ihres Gesprächs an den Tag legte. Er war nicht der Typ Mann, der darauf stand, wenn Frauen beim ersten Blick dahinschmolzen. Und Bianca Reynolds war definitiv keine, die so leicht dahinschmolz.

Das war gleichzeitig ärgerlich und anziehend.

Fast so anziehend wie diese Jeans, die sie trug.

KAPITEL 3

BIANCA

Durch die Scheune mit ihrem schrägen Dach und den offenen Seiten schlendernd, betrachtete Bianca jede einzelne Kuh. Sie versuchte, sie sich einzuprägen, nicht nur als Rancherin, sondern auch als Tierärztin. Die Ranch ihrer Familie war auf Rindfleisch spezialisiert, daher würden die Kühe alle zwei Jahre ausgewechselt, auch wenn eine Färse vielleicht ein drittes oder sogar viertes Jahr bleiben könnte, wenn sie große Kälber zur Welt brachte. Zucht war schließlich ein großer Teil dessen, was Rinderzüchter taten. Aber das bedeutete auch, dass jede Kuh, die jetzt in der Herde war, ihr völlig unbekannt war, obwohl sie möglicherweise auf die Enkel- oder Urenkelkühe einiger Tiere blickte, die sie als Mädchen gekannt hatte.

„Was machst du da?"

Bianca blickte über die Schulter. Luke näherte sich, das Arbeitshemd hochgekrempelt über den muskulösen Unterarmen und die langen, kräftigen Beine trugen ihn den zentralen Gang entlang auf sie zu. Er war draußen auf der Weide gewesen, als sie damit fertig war, ihren Vater auf der

Couch zu arrangieren und ihm sein Frühstück zu bringen, also war sie zuerst hierher gekommen.

„Nach unseren trächtigen Kühen sehen“, sagte sie. „Ist das ein Problem?“

„Sie kennen dich noch nicht“, erwiderte Luke und Bianca verdrehte die Augen. „Was? Sogar eine Hundetierärztin sollte wissen, dass Kühe keine neuen Leute mögen. Macht sie nervös.“

„Und wie sollen sie mich kennenlernen, wenn sie mich nie sehen?“, konterte Bianca, hielt ihre Stimme aber bewusst fröhlich und angenehm. „Außerdem wirkt sich das nur auf Milchkühe aus. Da wir unsere Kühe nicht melken, ist es völlig in Ordnung, sie mit mir vertraut zu machen. Sie sind beim Rest ihrer Herde, langfristig wird sie das nicht stören.“

„Ja, klar“, brummte Luke. „Hör mal, wenn du wirklich helfen willst, müssen wir die Vorbereitungen für die Kalbung treffen. Der Geburtsstand muss sauber gemacht werden, wir haben hier ein paar knifflige Mamas, die ihn vielleicht brauchen.“

„Dann legen wir los“, bot Bianca an, froh, etwas tun zu können, um sich zu beweisen. „Wo bewahrt ihr die Arbeitshandschuhe auf?“

Luke seufzte, was sie ärgerte. „Du hast keine Arbeitshandschuhe?“

„Nö.“ Warum auch? Zwar wusste sie, dass es zur Rancharbeit dazugehörte, aber sie hatte nicht damit gerechnet, sie zu brauchen und sie standen auch nicht auf ihrer normalen Packliste. Aber die Ranch hatte normalerweise immer welche für Besucher parat.

„Vielleicht ist noch ein altes Paar drüben im Büro.“ Luke deutete auf das Ende der Scheune, wo sich das „Büro“ befand. Es war nicht wirklich ein Büro, eher ein Abstellraum, in dem wahllos Bücher aus der Zeit vor der

Digitalisierung der Ranch langsam im Klima Colorados vor sich hin trockneten. Alle Handschuhe, die dort lagen, waren wahrscheinlich ausgetrocknet und eklig, aber Bianca wusste, dass sie keine Wahl hatte. Sie würde sich damit abfinden und nach der Arbeit Handschuhe im Laden besorgen müssen.

Es zeigte ihr auch, wie weit die Dinge aus dem Ruder gelaufen waren, wenn ihr Vater keine Arbeitshandschuhe mehr für die Leute kaufte.

„Schon gut“, antwortete sie und ging los. Sie versuchte, den Ärger aus ihrer Stimme herauszuhalten, aber die Wahrheit war, dass Luke sie nervte.

Sie sollte immer fröhlich sein, immer versuchen zu helfen. Das hatte ihr einen Job in der Klinik bei Dr. Cobb verschafft und sie bei ihren Kollegen und Patienten beliebt gemacht. Dr. Reynolds, immer mit einem Lächeln zur Stelle.

Aber Luke brachte sie dazu, nicht lächeln zu wollen. Luke ließ sie eher so mürrisch und knurrig werden wollen wie er selbst. Sie wollte mit dem Fuß aufstampfen in seiner Gegenwart und zurückgrunzen, wenn er beschloss, wie ein Höhlenmensch zu kommunizieren.

Doch Bianca würde sich von seiner schlechten Einstellung nicht aufhalten lassen. Erstens würde Aufstampfen und Mürrischsein angesichts ihres Größenunterschieds nur lächerlich aussehen. Bianca war nicht klein, sie wusste, dass sie mit ihren 1,70 m und etwa 54 kg gut gebaut war. Sie ging viermal pro Woche nach der Arbeit ins Fitnessstudio und hatte die athletische Figur behalten, die sie gehabt hatte, als sie als Teenager auf der Ranch arbeitete. Aber Luke überragte sie, mit einem Rücken breit genug, um Schatten zu werfen.

Außerdem hatte sie auch die Fürsorge und Intensität in

seiner Stimme gehört, als er mit ihr über Chief sprach. Er war ein guter Rinderzüchter. Also ertrug sie die mangelnde Kommunikation und wühlte sich durch die Stapel alter Zuchtunterlagen längst verschwundener Kühe, bevor sie ein halb verrottetes Paar Baumwoll-Gummi-Handschuhe fand. Sie knackten und stießen Wolken trockenen, verrotteten Baumwollstaubs aus, als sie sie untersuchte. Sie hielten kaum noch zusammen.

„Besser als nichts", sagte sich Bianca, als sie sie überstreifte und gemeinsam mit Luke an die Arbeit ging.

Der Geburtsstand unterschied sich von den anderen Boxen in der Scheune. Der Großteil der Scheune war halbindustriell, mit Stahlstangen, die die Kühe vom Mittelgang fernhielten und ihnen gleichzeitig erlaubten, aus den großen Trögen zu fressen, die sich über die gesamte Länge der Scheune erstreckten. Bei kaltem Wetter, Seite an Seite stehend, konnten die vier Hauptboxen tausend Kühe bequem aufnehmen und bis zu zweitausend, wenn ein Schneesturm bedeutete, dass die Kühe zur Sicherheit zusammengepfercht werden mussten. Die Böden dieser Boxen waren festgestampfter Dreck auf einem Betonfundament. Für eine gesunde Kuh auf den Beinen völlig ausreichend.

Aber die zwei „weichen" Boxen dienten anderen Zwecken. Eine war der Krankenstand, gedacht für lahme Kühe mit Hufproblemen oder einer anderen Krankheit. Es war eher eine Schutzmaßnahme, um potenziell krankheitsübertragende Kühe von der übrigen Herde zu trennen.

Die andere Box war der Geburtsstand, der zusätzlich achtzehn Zoll tief mit Sägemehl und Heu bedeckt war, um den Kühen mit schwierigen Geburten die besten Chancen auf eine sichere Niederkunft zu geben. Bianca wusste, dass in einer Rinderherde von der Größe der Reynolds Iron mindestens vier von fünf Geburten draußen auf der Weide stattfinden würden, wobei die Kühe das taten, was sie schon vor ihrer Domestizierung auf natürliche Weise getan hatten. Aber es gab immer ein paar herausfordernde Geburten und um die Gesundheit von Mutter und Kalb zu schützen sowie die Investition der Ranch zu sichern, würden diese Kühe in den Geburtsstand gebracht, wenn ihre Zeit gekommen war. Bianca schätzte, dass der Geburtsstand maximal etwa dreißig Kühe aufnehmen konnte und der Krankenstand war ungefähr genauso groß.

Es musste reichen.

Es war harte, schweißtreibende Arbeit, eine Winterladung verdichtetes Sägemehl und Heu aufzubrechen, selbst mit Hilfe des Dingo mit seiner bulldozerartigen Frontschaufel. Die Schaufel konnte wenig mehr tun, als das wegzuschieben, was bereits vom Boden abgelöst worden war. So arbeiteten Bianca und Luke im Tandem, benutzten eine Dechsel, um Brocken des verdichteten Bodens aufzubrechen und anzuheben, bevor der Dingo alles aufschaufeln und nach draußen kippen konnte.

Bianca hätte es unter keinen Umständen genossen, aber was den Tag besonders miserabel machte, war, wie sie sich zankten und stritten. Luke schien entschlossen, Bianca zu sagen, wo sie Fehler machte, was Bianca dazu zwang, Luke immer wieder daran zu erinnern, dass sie auf genau der Ranch laufen gelernt hatte, auf der sie jetzt arbeiteten.

Mit anderen Worten, lass mich in Ruhe, Kumpel. Es war unaufhörlich, führte zu nichts außer verschwendeter Energie und ließ sie mit dem Wunsch zu Bett gehen, Luke eine überzubraten.

Der nächste Tag verlief ähnlich und der übernächste auch. Eine ganze Woche lang verstanden sich Bianca und Luke wie Hund und Katz. Es erschöpfte sie noch mehr als die körperliche Arbeit, wieder auf der Ranch zu helfen. Sie zwang sich, harte Kommentare zurückzubeißen. Schließlich aber hatte sie genug und leider entlud sie es in die falsche Richtung.

„Bee, müssen wir wirklich-“, beschwerte sich ihr Vater, als sie wieder das elektrische Muskelstimulationsgerät herausholte. Was das anging hatte sie Glück gehabt, denn sein Arzt hatte die von Bianca gewünschten Löcher in seinem Gips angebracht, ohne zu murren.

„Dad, Schnauze“, schnappte Bianca, bevor sie tief durchatmete. Als sie den überraschten Ausdruck ihres Vaters sah, sagte sie: „Tut mir leid, es war ein langer Tag. Aber du musst deine Reha machen.“

Reed nickte und zog das Hosenbein seiner Shorts hoch. Er absolvierte zwei Reha-Einheiten pro Tag für seine Beine, eine pro Bein. Als Bianca die Elektroden an den Oberschenkeln und der Kniekehle ihres Vaters anbrachte, grunzte er. „Was ist los? Kommt ihr zwei nicht miteinander aus?“

„Das hast du bemerkt?“, fragte Bianca, während sie eine letzte Elektrode an seiner Wade befestigte. Das System sah von außen kompliziert aus, ergab aber Sinn, als Bianca es mit Hilfe eines Kunden aus Colorado Springs entwickelt hatte. Es zahlte sich aus, wenn man sich bemüht, der getigerten Katze eines Kraft- und Konditionstrainers des US-Olympiateams die bestmögliche Pflege zukommen zu lassen.

„Ich weiß, es ist ein bisschen seltsam, aber ich bin dankbar für alles, was ihr beide tut“, sagte Reed. Bianca steckte die Leitungen in das EMS-Gerät, brummte und schaltete es ein. Reeds Muskeln begannen zu zucken, sein Knie war durch den Gips fixiert. Das würde sich ändern, wenn er einen Gehgips bekam, aber auch dafür war Bianca gewappnet. Reed grunzte „Was hast du gesagt, was das bewirkt?“

„Laut dem Experten, der dieses Programm für mich zusammengestellt hat, ist es wie ein komplettes Beintraining in zehn Minuten“, sagte Bianca. „Es ist nicht so gut, wie wenn du tatsächlich deinen Hintern bewegst und spazieren gehst oder Kniebeugen machst, aber es ist ein Anfang.“

„Warum nicht... Luke, was ist los?“

Bianca schnellte herum und sah Luke im Durchgang zwischen Esszimmer und Wohnzimmer stehen, die Baseballkappe in der Hand. Er kam selten ins Haus, außer in die Küche, vermutlich um zu verhindern, dass er Dreck hineinschleppte.

„Kuh 1173“, sagte Luke mit zittriger Stimme. „Ihre Kalbung hat begonnen, aber irgendwas stimmt nicht.“

„Was ist es?“, fragte Bianca besorgt und Luke schluckte. Sie hatte ihn noch nie so erschüttert gesehen und es versetzte sie in Alarmbereitschaft. „Was?“

„Das Kalb steckt fest, ich bin mir nicht sicher wie genau“, sagte Luke und Bianca sprang auf die Füße. Ihr Training setzte ein. „Hast du-“

„Ich habe schon daran gearbeitet“, antwortete Bianca. „Hier auf der Ranch und während des Tiermedizinstudiums. Hast du die Ketten bereit?“

Luke nickte. Es war fast mittelalterlich, die Verwendung von flach geschmiedeten Ketten, um ein Kalb aus seiner Mutter zu ziehen. Aber es war effektiv und Bianca hatte die Ketten schon oft benutzt, um das Leben einer Kuh zu retten. „In Mineralöl gekocht, wie es sich gehört.“

„Du machst dein Training fertig, Luke und ich kümmern uns darum“, sagte Bianca zu ihrem Vater, als sie Luke zur Scheune folgte.

Sie war nicht passend für eine Kalbung gekleidet, trug eines ihrer schöneren T-Shirts und eine bequeme Yogahose fürs Haus. Es spielte keine Rolle, auch die kühle Nachtluft war egal, als sie zur Scheune rannten, wo Bianca die Kuh im Geburtsstand fand, vor Schmerzen muhend.

„Dies ist ihr drittes Kalb", sagte Luke, als sie das Gatter des Geburtsstands schlossen und sich der Kuh näherten. „Sie stammt aus einer großen Linie und wurde mit unserem größten, muskulösesten Bullen gepaart."

„Also hast du mit einer schwierigen Geburt gerechnet", sagte Bianca und Luke nickte. „Lass mich sie untersuchen."

Sie arbeitete schnell, beginnend mit einer äußeren Untersuchung, die das Problem offenbarte. „Du warst klug, etwas zu sagen. Ich glaube, der Kopf ist verdreht."

„Der Kopf ist verdreht?", zischte Luke frustriert und Bianca nickte. „Vordere Haltung?"

„Ja." Sie richtete sich auf. „Es könnte sein, dass das Kalb in der falschen Position ist. Wenn das der Fall ist..." Sie schüttelte den Kopf. Ein Problem nach dem anderen. „Ich muss mich waschen, gibt es Seife am Waschbecken?"

„Ist bereit." Luke blieb bei der Kuh. „Soll ich mich auch waschen?"

„Nein. Nicht genug Platz in der Kuh. Halte sie ruhig, ich brauche dich wirklich als Assistenz. Ich werde mein Bestes tun, um dieses Baby zu retten."

Luke nickte und sie eilte davon. Das Wasser im Waschbecken war kühl, kam direkt aus dem Brunnen und war eisig kalt. Aber zusammen mit der Flüssigseife aus dem Spender daneben erfüllte es seinen Zweck. Eine Minute später kam sie zurück, schüttelte fröstelnd die Arme trocken und machte sich direkt an die Arbeit.

„Und das... ist der eklige Teil", erinnerte sich Bianca, als sie eine Hand in den Geburtskanal der Kuh schob. Es machte ein schmatzendes Geräusch, aber glücklicherweise wehrte sich die Kuh selbst nicht. Sie hatte bereits zu große

Schmerzen und bemerkte wahrscheinlich nicht einmal ein so relativ kleines Eindringen in ihren Körper. „Halt sie still."

„Mach ich." Luke beobachtete sie eindringlich. Seine Stimme klang anders, völlig professionell und voller Sorge um die Kuh.

Beruhigt tastete Bianca weiter, wieder daran erinnert, warum sie lieber mit Hunden oder Katzen als mit Nutztieren arbeitete. Sie musste nie ellenbogentief in den Körper eines Hundes, wenn sie in der Klinik zu Hause arbeitete.

Aber diese Kuh hatte Schmerzen und sie konnte helfen. Das war es wert, tief in den Körper einer Kuh einzudringen.

„Okay, ich fühle die Vorderbeine", sagte Bianca, als sie das Kalb im Körper der Mutter fand, „und... ja, es ist ein verdrehter Hals. Ich führe meine Hand weiter... wir haben Glück, die Hinterbeine sind in der richtigen Position. Ich kann... Whoaaa, Mama."

Die Gebärmutter der Kuh zog sich zusammen und sie konnte fühlen, wie das Kalb geschoben wurde. Mama war bereit, den pelzigen kleinen Parasiten loszuwerden, der monatelang in ihr gewachsen war, komme was wolle. Aber das konnte aus dieser Position nicht passieren, nicht wenn das Kalb überleben sollte.

Das Gefühl, ihren Arm in der sich zusammenziehenden Gebärmutter gefangen zu haben, hatte Bianca noch nie erlebt. Nachdem es vorüber war, holte sie tief Luft. „Okay, zurück an die Arbeit. Tut mir leid, Baby, aber ich muss schieben. Zum Glück ist Mama voll... uff... geöffnet."

„Was brauchst du?", fragte Luke, das Gesicht verziehend, als Bianca ihren linken Arm in die Kuh schob. Mit beiden Armen war die Kuh fast bis zur Schmerzgrenze gedehnt, aber es gab wenig anderes, was sie für sie tun konnte. Luke blieb bereit, eine Hand am Hals der Kuh, während er sie beobachtete. „Ketten?“

„Gleich“, grunzte Bianca, als sie die Brust des Kalbs fand und so fest wie möglich drückte. Sie war aber zu klein und spürte, wie sie zurückgeschoben wurde, ihre Füße rutschten auf dem Heu. „Stell dich hinter mich, stütz mich ab!“

Luke bewegte sich, presste seine Hände auf ihren Rücken und seine Füße gegen die Seite des Standes. Er war ein Fels und gemeinsam schoben sie das Kalb langsam, qualvoll tiefer in den Körper der Mutter. Der Kuh gefiel es nicht, aber wenn sie dieses Kalb retten wollte, musste Bianca schnell arbeiten.

„Jetzt der Kopf.“ Sie tauchte ihren rechten Arm bis zur Schulter in die Kuh. Sie fand die Nase des Kalbs, hakte sie ein und zog, stöhnend vor Anstrengung. Luke stand fest hinter ihr, seine Stimme beruhigend in ihrem Ohr. „Nur noch ein bisschen. Da!“

Sie zog sich teilweise zurück und nahm die Vorderbeine des Kalbs. Luke stand weiterhin hinter ihr, eine ruhige Präsenz im Chaos. „Und jetzt?“

„Ich glaube, ich kann ohne die Ketten helfen, ich habe einen guten Griff“, sagte sie. „Aber bleib hier, nur für den Fall.“

Von da an ging alles schnell. Zwei Minuten nachdem sie den Kopf des Kalbs zurückgedreht hatte, kam das Kalb ohne die Hilfe der Geburtsketten und mit einem nassen Platschen zur Welt. Es plumpste in Biancas Arme, sie legte es auf das Heu, stellte sicher, dass die Nasenlöcher frei waren und sein Bauch sich bewegte, bevor sie aus dem Weg ging und die Mutter ihr Ding machen ließ.

„Puh... ich hatte vergessen, wie anstrengend das sein kann!“ keuchte sie, als sie sich an die Wand des

Geburtsstands zurücklehnte, die Arme zitternd. „Aber so erstaunlich."

„Das sind sie." Luke sah Bianca auf eine Art und Weise an, wie sie es noch nie zuvor gesehen hatte. Mit Respekt und Bewunderung. „Du warst unglaublich."

Es wärmte ihren Bauch und sie spürte, wie Hitze in ihre Wangen stieg. „Du hättest es auch gekonnt."

Luke schüttelte den Kopf. „Nicht den Hals. Ich habe schon bei Geburten geholfen, aber den Hals richtig drehen? Das ist Können... du bist wirklich eine gute Tierärztin."

„Hab ich dir doch gesagt." Sie wischte sich die verschwitzte Stirn, wobei sie stattdessen Geburtsflüssigkeiten dorthin verschmierte. „Trotzdem, igitt."

„Ist das der Grund, warum du weggezogen bist?", fragte Luke, als er sich neben sie an die Wand des Standes lehnte, um sich auszuruhen und sie zu beschützen. „Kühe sind schmutziger als Hunde?"

„Das war ein Teil davon", gab sie zu. „Aber außerdem... als ich aufwuchs, wollte ich meine eigene Praxis besitzen. Mich um Tiere kümmern, auf eine Art, wie es Nutztierveterinäre nicht wirklich können. Ich meine, wir wissen, wo dieses Kalb in zwei oder drei Jahren landen wird."

„Als Hamburger von jemandem", flüsterte Luke und Bianca nickte. „Ich weiß. Aber die Rinderzucht hilft, zumindest in meinem Fall. Hier kann ich Steak essen. Als ich aufwuchs, konnte ich das nicht."

„Nein?", fragte Bianca und Luke nickte. „Warum nicht?"

Luke schnaubte freudlos. „So ist das eben, wenn man ohne Familie aufwächst und vom System abhängig ist. Billiges Hackfleisch geht, Steak nicht."

„Warte, du bist... was? Ein Pflegekind? Ein

Waisenkind?“, fragte Bianca und Luke nickte. „Ein Waisenkind?“

„Seit ich sieben bin“, antwortete Luke. Er sah plötzlich schüchtern aus, offensichtlich fühlte er sich unwohl dabei, so viele persönliche Informationen preiszugeben. Er räusperte sich. „Hör mal, äh... dieses Heu kann morgen ersetzt werden. Der Kuh macht es sicher nichts aus. Du siehst aus wie aus dem Schlammwrestling, warum gehst du nicht heiß duschen und ich stelle sicher, dass es Mama und Baby gut geht, bevor ich mir was zu essen hole.“

„Ich... okay.“ Bianca stand mit etwas Mühe auf. Sie sah an sich herunter und lachte dunkel, als sie ihr ruiniertes T-Shirt betrachtete. „Ich schätze, das ist jetzt ein Arbeitsshirt, was?“

„Höchstwahrscheinlich.“

„Ach, ist ja nur ein Shirt“, sagte Bianca. Sie hielt neben Luke inne und fügte hinzu: „Danke. Dass du mir vertraut hast und mir geholfen hast.“

„Danke“, erwiderte Luke. „Dass du hier bist. Wirklich.“

Bianca wollte noch mehr sagen, aber als ihr nichts einfiel, räusperte sie sich und verließ den Stand. Sie ging zurück zum Haus und sah, dass die Dämmerung in volle Nacht übergegangen war und der Himmel von einem halbvollen Mond und zehntausend Sternen erhellt wurde.

Es gab nichts Vergleichbares mit einer Nacht in den Rocky Mountains.

Bianca blickte auf und lächelte leise vor sich hin. Also deshalb hatte er Vertrauensprobleme. Machte Sinn.

Vielleicht, dachte sie, ist Luke Swenson doch gar kein so übler Kerl.

KAPITEL 4

LUKE

Lukes Rückenmuskeln schmerzten und seine Schultern, die den ganzen Tag Heuballen werfen konnten, ohne mit der Wimper zu zucken, fühlten sich an, als stünden sie in Flammen, als er sich im schwachen Licht der elektrischen Lampen, das durch die abendliche Dunkelheit drang, im Waschbecken am Ende der Scheune die Hände wusch. Wie an den meisten Tagen, wenn die Nacht auf der Reynolds Iron Ranch hereinbrach, kam sie wie ein Donnerschlag. Der Sonnenuntergang dauerte nur Minuten, die Dämmerung nicht viel länger, bevor die fernen Berge alles Sonnenlicht abschnitten.

Es war ein langer, langer Arbeitstag gewesen, aber endlich nahmen die Dinge für den Rest der Saison Gestalt an. Sicher, es gab noch ein paar Frühjahrskälber, die geboren werden mussten, aber bis auf ein altes Mädchen waren sie erst in den letzten Tagen der Frühjahrskalbungszeit fällig.

Aber da die Herde so stark wuchs, beruhigten sich die Dinge und Lukes Sorgen ließen nach. Mit den letzten Sommerarbeitern, die bald dazukamen, normalisierte sich alles wieder, was ihm zusätzliche Freizeit verschaffte. Normal bedeutete in diesem Fall zwar war eine Arbeitswoche, die bei fünfzig Stunden begann, aber daran war er gewöhnt. Er würde zumindest zwei Tage hintereinander frei nehmen können.

Obwohl er wusste, was er an diesen beiden Tagen trotzdem tun würde, und er war sich nicht sicher, ob ihm die Idee gefiel. Aber darüber gab es zu diesem Zeitpunkt nicht viel zu diskutieren.

„Hey."

Luke drehte sich um und sah Bianca auf sich zukommen, die genauso erschöpft aussah, wie er sich fühlte. Als sie näher kam, konnte er die Ringe unter ihren Augen sehen. Sie war erschöpft. „Alles okay?"

„Hm?", fragte sie, bevor sie langsam nickte. „Ja. Dad hat gerade sein Reha-Training beendet und sein Abendessen steht auf dem Tablett neben ihm. Aber ich habe einen Blick in die Schachtel mit diesem Mikrowellen... Zeug geworfen und ich konnte einfach nicht."

„Keine große Köchin, hm?", fragte Luke und Bianca schüttelte den Kopf.

„Zu müde. Ich kann kochen, aber die meisten Abende habe ich Fertiggerichte und Sandwiches gemacht. Ehrlich gesagt habe ich beides satt."

„Wie wäre es dann mit Essen gehen?", schlug Luke vor. „Ich würde ja das Rockaway Diner vorschlagen, aber das hat letztes Jahr dichtgemacht."

„Das Diner hat zugemacht?", fragte Bianca überrascht und schmollte, was sie... süß aussehen ließ.

Luke kämpfte immer noch damit, so über Bianca zu denken, aber seit das Eis zwischen ihnen bei der Geburt des Kalbs gebrochen war, das sie beide „Twisty" getauft hatten, konnte er nicht anders, als sie mit anderen Augen zu sehen.

Sie war nicht nur eine gute Arbeiterin, sie war nicht nur klug im Umgang mit Tieren, sie war auch absolut hinreißend. Sie war auf eine Art und Weise schön, die Luke dazu brachte, sie öfter sehen zu wollen.

Natürlich arbeiteten sie nicht jede Minute des Tages zusammen. Er verbrachte mehr als genug Zeit damit, die Saisonarbeiter zu beaufsichtigen und sicherzustellen, dass jeder seine Arbeit erledigte. Eine Sache war bei Rancharbeitern unumstößlich wahr. Wenn sie aus einem Vier-Stunden-Job einen Acht-Stunden-Tag machen konnten, würden sie es tun. Besonders bei dem gutem Wetter, das die Ranch gerade über eine lange Strecke erlebte.

Bianca blieb mehr in der Nähe der Scheune, überprüfte die Kälber und stellte sicher, dass die nächste Generation der Herde stark heranwuchs. Bei Hunderten von Kälbern, um die man sich kümmern musste, war das für sich genommen schon eine Menge Arbeit. Aber sie hatte es gut im Griff, ebenso wie die Rehabilitation ihres Vaters zu überwachen.

Aber es zehrte an ihr und sie war müde… aber immer noch sehr hübsch.

„Ja, das Diner hat zugemacht“, antwortete Luke ein wenig traurig. „Aber wenn du Lust hast, hat der Golden Pavilion in der Nähe der Stadt noch offen. Ich würde ja etwas Schickeres vorschlagen, aber ehrlich gesagt glaube ich nicht, dass ich in einen schickeren Laden reinkomme, so wie ich rieche.“

Bianca hob die Nase und schnüffelte, was ihn zum Lächeln brachte. In Wahrheit rochen sie beide nach einem Tag harter Arbeit wahrscheinlich mehr als nur ein bisschen nach dem, was aus dem Hinterteil einer Kuh kam. Aber keiner von ihnen würde es nach den zehn Stunden, die sie davon umgeben waren, bemerken.

„Wie wäre es, wenn ich mir ein frisches Hemd überziehe, du dich ein wenig wäschst und wir dann das Buffet des Pavillons plündern", bot Bianca an. „Ich könnte zwei oder drei von diesen Mandelmilchpuddings vertragen, die sie anbieten. Die haben sie immer noch, oder?"

„Sie sind das beste günstige asiatische Buffet in der Gegend von Pueblo, natürlich haben sie die", sagte Luke. „Stört es dich, wenn ich das Waschbecken im Waschraum benutze, anstatt das in der Scheune?"

Bianca lachte zurück und nickte. „Solange es dich nicht stört, wieder eines meiner niedlichen T-Shirts zu sehen. Alle meine normalen Shirts sind in der Wäsche und werden erst morgen trocken sein."

„Dann freue ich mich auf etwas Niedliches", versicherte ihr Luke.

Er folgte ihr zum Haus, wo er sich im Waschraum wusch und dem Rumpeln des Trockners lauschte, während er sein schweißgetränktes Hemd als Waschlappen benutzte, bevor er es im Industriewaschbecken ausspülte. Er war zu drei Vierteln fertig, als ihn das Geräusch einer schlurfenden Krücke unterbrach. Reed Reynolds stand in der Tür, sein gebrochenes Bein immer noch im Gips, aber zumindest teilweise belastbar. „Boss."

„Bianca sagt, ihr zwei geht heute Abend aus." Reeds Stimme war gleichmäßig. Das war nicht Reed Reynolds, der Chef, das war Reed Reynolds, der Vater. „Sei nett zu ihr, hörst du?"

„Das werde ich", antwortete Luke, ohne Reed über die Absichten ihres Abendessens zu korrigieren. Er war überrascht, als Reed ein Hemd hinter seinem Rücken hervorzog und es Luke zuwarf, der es im Flug auffing. „Danke."

„Bring es gewaschen zurück", sagte Reed, bevor er sich umdrehte und humpelnd Richtung Wohnzimmer verschwand. Luke sah es sich an, es war ein schlichtes marineblaues T-Shirt mit einer Tasche auf der linken Brust, die Art von Klamotte, die ein Mann in Reeds Alter tragen würde. Er zog es über den Kopf und bemerkte, dass es an den Schultern und Armen ein wenig eng war, aber die Länge stimmte und die Taille war locker genug, dass er beschloss, das Hemd in die Hose zu stecken. Es war nicht perfekt, seine Jeans waren immer noch staubbedeckt, aber es war um Welten besser als zuvor.

Gerade als er fertig war, kam Bianca heraus und raubte ihm den Atem. „Du hast dich umgezogen."

Sie war hinreißend. Sie war athletisch. Sie konnte genauso hart arbeiten wie jeder Arbeiter auf der Ranch. Er hatte gesehen, wie ihr Rücken sich anspannte, wenn sie Futtersäcke hievte oder wie ihre Hüften sich bewegten, wenn sie die Mistrinne im Stall reinigte. Sie hatte eine reizvolle Mischung aus Muskeln und Kurven, die sich gut zur Schau stellten, wenn sie arbeitete.

Er hatte aber vergessen, wie umwerfend all diese feminine Athletik aussah, wenn sie ein wenig herausgeputzt war und den Hauch von etwas Besonderem hatte, das Frauen in Lukes Augen so unglaublich verführerisch machte. Vielleicht waren es die Spaghetti-Träger ihres Tops, die ihn ein bisschen Kurve sehen ließen, die seinen Mund trocken werden ließ. Oder vielleicht war es das bisschen Make-up, das sie schnell aufgelegt hatte, meist ein heller Farbton auf den Wangen und ein bisschen Kirschrot auf den Lippen. Vielleicht war es der Rock, den sie angezogen hatte, ein anständiges aber hübsches, fließendes weißes Ding, das einen Zentimeter über ihren hübschen kleinen Knien endete.

Er wusste es nicht, aber in diesem Moment hätte Luke

Swenson geschworen, dass Bianca Reynolds die hübscheste Frau auf der ganzen Welt war und er der glücklichste Mann auf dem Planeten, sie zu einem billigen asiatischen Buffet auszuführen.

„Ich äh", stammelte er, bevor er sich räusperte, „dein Dad hat es angeboten. Er dachte wohl, dass ein schnelles Abspülen meines Arbeitshemdes im Waschbecken nicht reicht."

„Danke, Dad!", rief Bianca über die Schulter, bevor sie die zwei Betonstufen zum Waschraum hinunterstieg. „Bereit?"

„Wenn du mir ein paar Sekunden in meinem Truck gibst, um mich einzusprühen, klar", sagte Luke. „Ich habe immer eine Ersatzdose Deo in meiner Mittelkonsole, falls ich nach der Arbeit noch im Laden vorbeimuss."

„Kluger Mann."

Fünfzehn Minuten später fuhren sie auf den kleinen Streifen am Rande von Pueblo zu, beide ausgehungert, aber plötzlich schüchtern.

„Ähm." Bianca betrachtete die Fünfzig-Fuß-Tafel, die sich an der Wand des Restaurants aufbaute. „Stört es dich, wenn ich beim Essen ein bisschen unordentlich bin?"

„Schätzchen, es ist mir egal, wenn du mit beiden Händen Futter in dich reinschaufelst. Nach den Wochen, die wir hatten, haben wir es uns verdient, die Hosen aufzuknöpfen und einfach zu entspannen. Ich werde deswegen nicht weniger von dir halten. Ernsthaft."

„Nun, dann sollten wir einfach den Abend genießen", sagte Bianca und Luke lächelte erleichtert. „Wir treffen uns in fünf Minuten mit Teller Nummer eins wieder hier."

Luke brauchte weniger als fünf Minuten, aber das lag daran, dass er wusste, was er wollte und es im Blick hatte.

Als Bianca zurückkam, ihren Teller mit Reis und Hühnchen-Spießen gefüllt, weiteten sich ihre Augen, bevor sie kicherte. „Dein Geld soll sich lohnen, was?"

„Genau", antwortete Luke, als er seine Gabel nahm und eine frittierte Popcorn-Garnele aufspießte. „Als ich aufwuchs, haben mir solche Orte die Ökonomie des Ausgehens beigebracht. Dieses Drittel Teller Reis, den du hast? Hat sie wahrscheinlich einen Dollar gekostet, wird aber die Hälfte deines Magens füllen. Aber diese Garnelen? Ich komme vielleicht gerade so auf die Kosten des Abendessens, wenn ich bei so etwas bleibe." Er griff mit einer Gabel nach einer anderen Garnele und betrachtete das buttergebackene Objekt traurig und stolz zugleich, während er sie hin und her drehte. „Ich weiß, es lässt mich wie ein Pfennigfuchser klingen. Aber es ist immer noch eine Angewohnheit."

„Du hast schon mal etwas darüber erwähnt, wie du aufgewachsen bist", sagte Bianca. „Du hast deine Eltern verloren, als du sieben warst?"

„Ich habe meine Mutter verloren", korrigierte Luke sie. „Von Anfang an war mein Vater nirgends im Bild. Meine Mutter war eine von diesen Mädchen, die man früher bei Maury Povich gesehen hätte. 'Du bist nicht der Vater' und all das. Auf meiner Geburtsurkunde steht nicht mal ein Name, nur diese berüchtigten Initialen, UNB."

„Unbekannt", sagte Bianca und Luke nickte. „Luke, du... Es tut mir leid, wenn-"

„Schon okay, wenn man bedenkt, was für ein Idiot ich in der ersten Woche zu dir war", sagte Luke. „Wie auch immer, nach dem Tod meiner Mutter kam ich ins Sozialsystem. Aber sieben ist ein schwieriges Alter. Die meisten potenziellen Adoptiveltern wollen ein Baby, vielleicht ein Kleinkind. Es gibt ein paar, die ein Kind wollen, das schon aus den Windeln raus ist, aber noch jung genug, um sich später irgendwie mit den 'neuen' Eltern zu identifizieren. Vor allem wollen sie ein Kind, das zurückblicken und nur an ein bestimmtes Paar als 'Mami' und 'Papi' denken wird. Aber ab sieben bist du im Grunde nur ein Rädchen im Getriebe. Wir wissen, dass wir, selbst wenn wir adoptiert werden, irgendwann abgelehnt worden waren. Wir wurden weggenommen... Wir waren... nun ja, viele Dinge. Also werden wir meistens nicht adoptiert. Ich hatte im Laufe der Jahre drei verschiedene Pflegefamilien, was nicht so schlimm war. Es waren alle anständige Leute, nichts worüber man einen Hallmark-Film drehen könnte oder so. Das Geld war aber immer knapp."

„Also hast du eine Strategie fürs Essen."

Luke nickte. „Wir kamen vielleicht einmal pro Woche an einen Ort wie diesen oder wenn ich als Teenager einen Sommerjob hatte, ging ich alleine hin. Reingehen, meine fünfzehn Dollar auf den Tresen knallen und loslegen." Er lachte und schüttelte den Kopf bei den alten Erinnerungen. „Ich sah wahrscheinlich aus wie einer von diesen Typen, die man im Internet sieht, die Mukbanger? Oder dieser Typ, der im Schnelldurchlauf Hot Dogs verschlingt."

„Ist das der Grund, warum du zur Rinderzucht gekommen bist?", fragte Bianca. „Du hast Steak erwähnt. Hast du gedacht, du würdest ein paar Gratissteaks bekommen?"

Luke schnaubte. „Nein, ich wusste, dass Ranches die Tiere im Allgemeinen nicht vor Ort verarbeiten. Ich alterte aus dem Pflegeprogramm heraus. Ich wurde achtzehn in meinem letzten Highschool-Jahr und meine damaligen Pflegeeltern machten deutlich, dass ich bei ihnen bleiben könnte, um meinen Abschluss zu machen, aber ich müsste Miete zahlen. Ich hatte sehr wenige Möglichkeiten. Ich habe in der Highschool keinen Sport gemacht, ich war zu beschäftigt damit, einem Teilzeitjob nachzugehen. Es gab keine Möglichkeit für mich, aufs College zu gehen, nicht mal an einen Ort wie die CSU. Ich hatte anständige Noten, aber nichts, was mir ein Vollstipendium eingebracht hätte und ich kam nicht für Studentenkredite in Frage, ohne jemanden, der für mich bürgen würde. Also fing ich an, mich bei den Stellen zu melden, bei denen ich schon gearbeitet hatte. Stellte sich heraus, die meisten Orte, die einen Highschool-Schüler für zwanzig Stunden die Woche einstellen wollen, wollen nur Highschool-Schüler für zwanzig Stunden die Woche."

„Daran erinnere ich mich", sagte Bianca. Als Luke ihr einen Blick zuwarf, grinste sie. „Was? Ja, mein Dad hat mir geholfen, in die Tierklinik zu kommen. Aber bis ich bereit für ein Praktikum war, musste ich trotzdem irgendwie über die Runden kommen. Du sprichst mit dem besten Fahrrad-Liefermädchen in ganz Colorado Springs, zwei Quartale in Folge."

„Also daher kommen diese Beine", bemerkte Luke, bevor er sich bremsen konnte. Er sah nach unten und stopfte sich eine Garnele in den Mund. „Entschuldige."

„Schon gut und danke", sagte Bianca. Luke blickte wieder auf und sah, dass es Bianca ernst meinte. „Also hast du angefangen, auf der Ranch zu arbeiten?"

„Ich hatte einen Sommer im Streichelzoo in der Stadt gearbeitet und sie wiesen mich in Richtung der Reynolds Iron", erklärte Luke. „Dein Dad stellte mich für eine Saison in Vollzeit ein und ließ mich als Bonus im Gästezimmer in der Scheune unterkommen. Ich musste es etwas aufräumen, konnte aber eine Liege reinstellen und es war nicht so staubig wie jetzt. Ich durfte auch den Ranchtruck für private Zwecke benutzen, solange ich ihn auftankte. Ich arbeitete hart und aus einer Saison wurde ein fester Job. Ein paar Jahre später machte er mich zu seiner rechten Hand."

„Weißt du, es ist seltsam, deine Geschichte über deine Zeit auf der Ranch zu hören", sagte Bianca. „Ich war für nichts davon hier. Du hast angefangen, wann, in dem Sommer, als ich aufs College ging?"

„Ich glaube ja", sagte Luke. „Ich muss dich was fragen. Warum bist du so lange weggeblieben? Du magst deinen Dad, das kann ich sehen."

„Wahrscheinlich", sagte eine tiefe Stimme und unterbrach sie, „weil sie nicht wollte, dass ihr kleines Herzchen wieder und wieder und den ganzen Sommer über in den Rockaways gebrochen wird."

Luke sah auf und erblickte einen schwarzhaarigen Mann, der auf sie zukam. Bianca erkannte ihn eindeutig, ihr Mundwinkel zuckte. „Lang ist's her, Gunner. Gunner White, Luke Swenson. Luke, Gunner. Mein Freund aus dem letzten Schuljahr."

„Bis ich schlauer wurde und erkannte, dass du mich nur hingehalten hast." Gunner lachte und sah Luke an, grinsend. „Macht sie dasselbe mit dir, Alter? Glaub mir, ich kenn das, hau ab, solange du kannst, denn die hier kommt nicht über die erste Basis hinaus."

„Also hast du mich für Brittany Loudermilk verlassen", sagte Bianca. „Und?"

„Und jetzt verdiene ich sechsstellig, während du was machst, zurückkommst, um ein paar Welpen zu versorgen?", fragte Gunner. „Ich habe-"

Luke stand auf, zehn Zentimeter größer als Gunner, sein felsenharter Kiefer angespannt. „Kerlchen, es ist mir egal, ob du genug Kohle hast, um die Denver Broncos zu kaufe. Wenn du weiterhin so respektlos gegenüber Bianca bist, breche ich dich entzwei und jage dich aus diesem

Restaurant, bis jeder, den du glaubst zu beeindrucken, weiß, dass du nichts als ein Wallach bist. Haben wir uns verstanden?“

Luke starrte in ein paar graue Augen und wartete auf Gunners Antwort.

Er hatte sowieso einen dämlichen Namen.

KAPITEL 5

BIANCA

Bianca saß auf dem Beifahrersitz von Lukes Truck, erstaunt über die letzten zwanzig Minuten. Als Gunner ihr Gespräch mit Luke unterbrochen hatte, wusste sie, dass es Ärger geben würde. Es war eine wütende, hässliche Trennung gewesen. Während er gerne behauptete, dass er sie verlassen hatte, war sie diejenige gewesen, die herausgefunden hatte, dass er sie mit Brittney Loudermilk betrog. Sie hatte die Zwei auf frischer Tat ertappt, und es hatte ihr das Herz gebrochen.

Das war nicht der Grund, warum Bianca beschloss, die Stadt zu verlassen und in Colorado Springs zur Schule zu gehen, aber es hatte sie auch nicht gerade dazu gebracht, an freien Wochenenden nach Hause zu wollen.

Und Luke, der Typ, der sie fast eine Woche lang mit seinen Blicken durchbohrt hatte, ein Mann, der den größten Teil ihrer ersten Woche auf der Ranch so aussah, als wolle er sie jedes Mal, wenn sie in einen weiteren Streit gerieten, im Pferdetrog ertränken, war sofort zu ihrer Verteidigung angetreten, als Gunner versuchte, in dieser alten Wunde zu bohren.

Die Lage hatte sich angespannt, aber am Ende hatte Gunner klein beigegeben und eine halbgegorene Entschuldigung gemurmelt, bevor er sie allein ließ. Dennoch hatte seine Aktion das Abendessen ruiniert und obwohl sie versuchten, aufzuessen, war Biancas Appetit letztendlich nicht groß genug und ihr Teller war kaum halb leer, als sie aufstanden, um zu gehen.

„Es tut mir leid, dass das passiert ist." Luke startete den Motor. „Möchtest du woanders hin?"

„Nur nach Hause", sagte sie und Luke nickte, ohne ihre Gefühle zu kritisieren. Stattdessen fuhr er los, nahm die Straße zurück zum Highway und dann zurück zu den Rockaways. Kurz bevor er auf den Highway fuhr, meldete sie sich zu Wort. „Ich bin nicht seinetwegen weggezogen."

„Dachte ich mir", sagte Luke. „Du bist zu stark, um dich von diesem Wiesel vertreiben zu lassen."

Lukes Kompliment wärmte sie und plötzlich plätscherten ihr die Worte aus dem Mund.

„Als ich aufwuchs, hasste ich es, dass die Kühe sterben müssen, damit wir einen Hamburger essen können." Sie wedelte mit den Händen. „Ich habe es überwunden, ich meine, ich verstehe, dass es keinen wirklichen moralischen Vorteil gibt, egal was die Veganer oder der Rindfleischverband behaupten, wenn sie sich anschreien. Die Sache ist moralisch neutral. Wir sind Allesfresser. Menschen, meine ich. Aber ich wollte Tierärztin werden, weil ich wollte, dass die Kühe zumindest ein gutes Leben haben, solange sie leben. Dann starb meine Mutter und ich erkannte, wie klein die Rockaways sind. Dieselbe Gruppe von Kindern, die Tag für Tag, Jahr für Jahr auf demselben blöden Einkaufszentrum-Parkplatz abhängen. Die Leute, deren ganzes Leben aus diesen albernen Geschäften besteht. Ich wollte einfach... Ich wollte nicht hängenbleiben", sagte sie. „Ich wollte ein bisschen mehr von der Welt kennenlernen, sehen, ob es jenseits der Rockaways noch etwas anderes für mich gibt. Also bin ich gegangen. Aber jetzt bin ich zurück und es gibt Dinge, die ich an der Ranch mag. Warum kann ich nicht alles auf einmal haben? Ist das zu viel verlangt, ohne Milliardär oder so zu sein?“

Luke lachte leise und trommelte mit den Fingern auf dem Lenkrad. „Weiß nicht. Ich weiß aber, wie es ist, sich etwas zu wünschen.“

Sie kamen wieder auf der Reynolds Iron Ranch an und Luke parkte und kam um den Wagen herum, um ihr die Tür zu öffnen wie ein Gentleman. Bianca dachte nicht viel darüber nach, er war meistens höflich, sobald das Eis zwischen ihnen gebrochen war. Sie stieg aus und er schloss die Tür seines Trucks.

Sie sah ihn an. „Ich weiß, das war seltsam, aber danke-“

Ihre Worte wurden unterbrochen, als Luke nach ihr griff, sie herumwirbelte und sie fest an sich zog. Im schwachen Licht, das durch die Wolken drang, konnte sie den Ausdruck auf seinem Gesicht sehen, das Verlangen in seinen Augen.

Ich weiß, wie es ist, sich etwas zu wünschen.

Er umfasste ihren Kiefer, sein rauer, schwieliger Daumen strich einmal über ihre Lippen, fast wie eine Warnung, bevor er seinen Mund auf ihren senkte und sie küsste.

Sie war noch nie so geküsst worden wie von Luke. Er war warm, stark, leidenschaftlich und doch zurückhaltend. In seiner Berührung fühlte sie sich vollkommen begehrt und gleichzeitig völlig respektiert. Seine Lippen pressten sich mit Kraft gegen ihre, wollten Einlass, forderten aber nicht. Als sie sich ihm öffnete, berührte seine Zunge ihre und sie klammerten sich aneinander wie zwei Magneten, unfähig, auch nur einen Hauch von Luft zwischen sich zu lassen. Ihr Herz schwoll an und ihr Magen zog sich zusammen. Als das Verlangen nach Sauerstoff sie dazu zwang, sich zu trennen, stand ihr Körper in Flammen.

„Nächstes Mal wasche ich mich vorher." Luke trat zurück. „Wir sehen uns morgen, Bianca."

Ohne ihre Antwort abzuwarten, drehte er sich um, ging zurück zu seinem Truck und fuhr davon. Sie blieb stehen, wo sie war, wie angewurzelt vor Unglauben über das, was gerade passiert war.

Was sie gerade getan hatte.

Sie konnte nicht lügen. Als Luke nach ihr griff, hatte sie sich ihm bereitwillig hingegeben. Aber warum?

„Bee?"

Bianca blinzelte und sah ihren Vater in der Tür stehen, seine Silhouette umrandet von dem Licht, das aus dem Haus schien. „Ähm, hey Dad. Luke hat mich gerade abgesetzt."

„Oh, okay. Wie war das Essen?"

„Gut, gut", sagte Bianca zu schnell. Auf der Suche nach einer passablen Lüge fügte sie hinzu: „Dad, wenn es dir nichts ausmacht, ich habe eine Menge gegessen. Wir waren im Golden Pavillon, du weißt ja, wie das da ist. Ich glaube, ich gehe noch bis zum Tor und zurück, bevor ich reinkomme."

„Klar, Liebes. Wenn du Lust hast, wie wäre es danach mit einem Film? Es gibt da diesen neuen Netflix-Film, den ich unbedingt sehen wollte."

„Klingt gut, Dad. Sag mal, kannst du bitte etwas Wasser in den Kessel tun? Ich glaube, heute ist ein Kräutertee-Abend."

„Natürlich, Bee. Geh vorsichtig, du bist die Dunkelheit auf dem Land noch nicht wieder gewöhnt", sagte ihr Vater, bevor er wieder hineinging.

Er ließ die Tür offen und Bianca beobachtete das leuchtende Rechteck ein paar Sekunden lang, bevor sie sich umdrehte und den Schotterweg zum Tor hinunterging.

Sie war so verwirrt. Vor ein paar Wochen wollte sie nichts anderes als so schnell wie möglich zurück in ihre Praxis, ihre Wohnung und ihr Leben in Colorado Springs. Schließlich war sie nur hergekommen, um ihrem Vater zu helfen.

Aber während sie spazierte, überlegte sie, ob es vielleicht nicht so schlimm wäre, länger zu bleiben. Sicher, die Rockaways waren keine Großstadt. Andererseits war Colorado Springs auch nicht gerade Manhattan. Trotz des olympischen Trainingszentrums und der Air Force Academy war es immer noch die Art von Stadt, in der die meisten Läden um zehn Uhr abends dichtmachten. Und wenn sie ehrlich war, war es nicht schwieriger, eine Amazon-Lieferung zur Ranch zu bekommen als zu ihrer Wohnung in Colorado Springs.

Und die Reynolds Iron Ranch hatte Luke. Luke mit seiner breiten Brust, dem felsenharten Kinn, den Bizeps, die wie Baseball-Bälle unter seinem Arbeitshemd aussahen, den Augen, blauer als der Sommerhimmel und der anscheinend keine Probleme hatte, ihr die Seele aus dem Leib zu küssen.

Luke, der so viel überwunden hatte. Ein Leben lang nicht zu wissen, ob er sicher, geborgen oder geliebt war. Ein Mann, der sein ganzes Leben durch seine eigene harte Arbeit aufbauen musste. Kein Wunder, dass er zunächst in der Defensive war. Und doch hatte er ein gutes Herz. Er sorgte sich um die Tiere, er sorgte sich um die Menschen, die auf der Ranch arbeiteten und er sorgte sich darum, die Dinge richtig zu machen.

Und sie sorgte sich um ihn.

Liebte sie ihn? Sie wusste es nicht. Sie war nie die Art Mädchen gewesen, die sich einfach so Hals über Kopf „verliebte", vor allem seit Gunner und seinem Verrat. Sie hatte immer zu viel zu tun gehabt, hatte sich in ihre Arbeit gestürzt, hatte ihre Liebe und Zuneigung jedem kleinen felligen Liebesknäuel, das in ihre Praxis kam, geschenkt. Sogar denen, die gefiedert oder schuppig waren, obwohl Schildkröten nicht die besten zum Kuscheln waren.

Und doch hatte Luke sie bereits tief getroffen.

Bianca erreichte das Tor und berührte es mit leicht zittriger Hand.

Verliebte sie sich in Luke Swenson?

Und wenn ja, was bedeutete das für ihre Zukunft?

KAPITEL 6

LUKE

Luke kam sich ein wenig seltsam vor, als er sich so früh am Morgen aus geschäftlichen Gründen dem Haus näherte. Aber als er Biancas Textnachricht am Vorabend erhalten hatte, hatte er ihre Einladung zum Frühstück schnell angenommen. Klar, es verzögerte den Beginn seines Arbeitstages, aber die Sommerhitze hatte sich noch nicht eingestellt, so dass es trotzdem kein Problem sein würde, seine Arbeit zu erledigen, bevor ihm die Sonne das Hirn verbrannte.

An seiner Achselhöhle schnüffelnd nickte er sich selbst zu. Letzte Nacht war es ihm unangenehm gewesen, wie der Spind eines Teenagers zu riechen und von der Taille abwärts mit schmutzigen Jeans verkrustet zu sein. Er fühlte sich viel wohler in sauberen, wenn auch nicht schicken Jeans und einem frischen grünen T-Shirt, das später als Unterhemd dienen würde, sobald die Arbeit begann.

Er klopfte an der Tür und sein Herz setzte einen halben Schlag aus, als Bianca erschien. Ihr Lächeln erhellte ihr Gesicht, als sie sich näherte. Auch sie war hübsch angezogen, die Haare zurückgebunden und ihr Gesicht offen und schön. Sie trug nur einen Hauch von Lipgloss, etwas, das er zu schätzen wusste. Er war nie der Typ für viel Make-up gewesen und Bianca war von Natur aus so attraktiv, dass sie es nicht brauchte.

„Hey." Sie öffnete die Fliegengittertür für ihn. „Wie hast du geschlafen?"

„Hab mich die ganze Nacht hin und her gewälzt", gab Luke zu. „Ein Teil von mir wünschte, ich wäre kein netter Kerl und hätte letzte Nacht mehr gefordert. Du?"

„Genauso, aber ich bin froh, dass du kein Bad Boy bist", sagte sie. „Diese Phase habe ich vor einem Jahrzehnt überwunden."

„Das ist gut, denn ich bin mit der Phase auch durch." Luke rutschte ein wenig nervös hin und her. „Ich schätze, wir müssen darüber reden, hm?"

„Unter anderem", stimmte Bianca zu. „Ich denke, das Gespräch wird besser laufen bei ein paar Waffeln, Eiern und Würstchen."

„Kein Speck?", scherzte Luke.

„Sorry, Speck gibt's erst beim zweiten Frühstück", neckte Bianca. „Aber ich habe den guten Kaffee für dich rausgeholt. Den kriegt Dad erst, wenn er seine Reha gemacht hat."

„So machst du das also, hm?" Luke scherzte und entspannte sich. „Wenn ich also auftauche und du Schokoladenkuchen und Chicken Fried Steak bereit hast, weiß ich, dass ich alles richtig gemacht habe?"

„So ungefähr. Wie gesagt, ich kann kochen, ich war nur so müde, dass es in keiner Weise befriedigend war. Komm, setz dich. Dad macht sich gerade fertig für den Tag, wird aber wahrscheinlich noch ein paar Minuten brauchen."

Luke trat ein. Sein Herz hämmerte in seiner Brust. Biancas Bemerkung machte offiziell, was ihn ihre Nachricht schon hatte vermuten lassen. Sie versuchte nicht, abzustreiten, was letzte Nacht passiert war, was hoffentlich bedeutete, dass sie auch bereit war, über eine Beziehung zu sprechen.

Und auch er war bereit für diese Unterhaltung. Biancas einmonatiger Aufenthalt hier war bald vorbei und ihr Leben in Colorado Springs rief. Sicher, es war nicht weit weg, eine Stunde Fahrt an einem schlechten Tag. Er konnte um fünf Uhr Feierabend machen und sie um halb sieben zu einem Date treffen, wenn er sich darauf vorbereitete.

Es würde nicht dasselbe sein, aber das hieß nicht, dass es nicht gut sein würde. Vielleicht sogar besser, weil sie sich etwas zu erzählen hätten, da sie nicht täglich zusammenarbeiten würden.

Es gab viel Potenzial, Potenzial, das Luke gerne diskutieren und erforschen wollte.

Bianca in die Küche folgend, war er gerührt, als er sah, dass sie tatsächlich zwei Plätze an dem kleinen Esstisch gedeckt hatte, der eigentlich den Essbereich darstellen sollte, der in Wirklichkeit aber nur eine überdimensionierte Frühstücksecke war. Die Reynolds Iron Ranch mochte viel Geld wert sein, aber im eigentlichen galt das nur für die Ländereien. Das Ranchhaus selbst war im Vergleich dazu sehr bescheiden gehalten.

Lange Zeit war das ein Teil des Grundes gewesen, warum Luke gerne dort arbeitete. Die Reynolds waren nicht anmaßend.

Aber das war, bevor die Gerüchte anfingen. Bianca hatte jedoch nichts mit den Gerüchten zu tun und als Luke sich eine Tasse Kaffee einschenkte, fühlte er sich gut. „Also, bevor dein Dad kommt, dachte ich, wir sollten-“

„Ah, aber Dad ist hier“, sagte Reed, als er in die Küche kam. Er war jetzt nur noch auf eine Krücke angewiesen, sein Bein konnte nach einem Monat Ruhe und Reha mehr

Gewicht tragen. Er sah auch gut ausgeruht aus und es war klar, dass Biancas Hilfe ihm gutgetan hatte. Er war ein wenig dünner, sein Bauchansatz im mittleren Alter halb so groß wie früher und seine Beine unterhalb der Shorts und oberhalb seines Gehgipses hatten mehr Muskeln angesetzt. „Ihr Kinder seht aus, als wärt ihr bereit, das... Date von gestern Abend fortzusetzen?"

„So ähnlich, Dad." Bianca errötete leicht. „Wir wollten mit dir darüber reden, aber zuerst wollten wir es unter uns besprechen."

„Dann lasse ich euch zwei das tun, aber bevor ihr das tut, wollte ich euch eine Neuigkeit überbringen", sagte Reed und sah Bianca an. „Vor etwa sechs Monaten kam ein Investor auf der Ranch vorbei, um sich umzusehen. Er will eine neue Luxus-Wohnsiedlung hier nördlich von Pueblo bauen."

„Davon hast du mir nichts erzählt", sagte Bianca und Reed nickte.

Lukes Magen machte einen langsamen Purzelbaum, er wusste, was kommen würde.

„Damals dachte ich, es wäre nur Gerede. Investoren kommen seit zwanzig Jahren hierher", erklärte Reed und winkte ihren Kommentar ab. „Erinnerst du dich an diesen Deppen, der davon sprach, das Rockaway Center dem Erdboden gleichzumachen und es in Colorados Version der Mall of America zu verwandeln? Wie wollte er dieses Monstrum noch mal nennen?"

„Ich habe es vergessen."

„Wie auch immer, es führte zu nichts", sagte Reed, „und ich dachte, dieser Typ wäre genauso. Bis er mir letzte Woche ein Angebot mit einem Grundstücksvertrag schickte."

„Ein Grundstücksvertrag... für die Reynolds Iron Ranch?", fragte Bianca erstaunt. Als Reed nickte, sah sie verwirrt aus. „Aber warum? Warum solltest du überhaupt in Betracht ziehen, diesen Ort zu verkaufen?“

„Weil ich älter werde, Bianca“, erklärte Reed. „Und bevor du anfängst, ja, ich weiß, dass diese Ranch seit hundertfünfzig Jahren in Familienbesitz ist. Aber es ist nur Land. Land, das gepflegt werden muss, Land, für das Steuern gezahlt werden müssen, Land, das sich nicht von selbst finanziert ohne täglichen Arbeitseinsatz. Und Kühe sind nicht aus Gold.“

„Du wirst diesen Ort verkaufen“, flüsterte Luke, innerlich kochend. Die Gerüchte, die Sorgen, die er seit Monaten hatte, sie alle bewahrheiteten sich.

Reed nickte. „Luke, das Geld, das sie anbieten, ist das, was man generationenübergreifenden Reichtum nennt. Ich kann es auf ein normales Investmentfondkonto legen und für den Rest meines Lebens einen Mittelschicht-Lebensstil führen. Ich kann das an Bianca weitergeben, die dasselbe tun könnte. Oder ich kann es reinvestieren und nicht nur wohlhabend, sondern reich werden.“

„Wen kümmert das Geld? Was ist mit dem Land?“, fragte Luke. „Verstehst du nicht? Das Land! Was ist mit der Ranch und den Arbeitern?“

„Hör mal, egal welcher Vertrag unterschrieben wird, ich möchte auch für euch Jungs sorgen“, sagte Reed schnell. „Ich werde euch alle für die Saison auszahlen. Für mich ist das ziemlich einfach. Bianca lebt in der Stadt und hat kein Interesse an der Ranch. Ich möchte in der Lage sein, meine Enkelkinder zu sehen, wenn sie kommen und nicht nur ein mürrischer alter Mann voller Arthritis sein, während ich mich um Kühe kümmere. Und für dich wird gesorgt sein, das verspreche ich. Sagen wir, ein Jahresgehalt als Abfindung?“

Luke sah Bianca an, in der Hoffnung, sie würde etwas

sagen. Dass ihr Vater sich irrte. Dass sie die Reynolds Iron liebte, nicht nur das Geld, das die Ranch einbringen würde. Dass sie bleiben wollte.

Irgendwas, nur verkauf den Ort nicht.

Aber sie sagte nichts. Sie saß lange schweigend da und sah ihren Vater an.

Schließlich hielt Luke es nicht mehr aus. „Es geht nicht ums verdammte Geld", knurrte er, stand auf und schnappte sich zwei Waffeln und eine Wurst vom Servierteller. Dabei stieß er an den Rand des Tellers, sodass die Würste fast über den Tisch rollten. „Ich glaube, ich esse mein Frühstück draußen."

Ohne ein weiteres Wort drehte er sich um und stürmte hinaus. Die Fliegengittertür schlug hinter ihm zu.

Sie sagte nichts.

Und das machte ihm Sorgen.

Hatte er sich in ihr getäuscht?

Hatte er sich geirrt, sich ihr zu öffnen?

KAPITEL 7

BIANCA

Die Fliegengittertür schlug zu und durchbrach Biancas mentale Lähmung.

„Was zum Teufel, Dad?", fragte sie als sie endlich die Worte fand. „Wie lange denkst du schon darüber nach und hast mir nichts gesagt? Ich bin fast einen Monat hier und du hast nie auch nur daran gedacht, es als Gesprächsthema anzuschneiden?"

„Worüber gab es zu reden, Bianca?", konterte Dad. „Du hast deutlich gemacht, dass du dein Leben in Colorado Springs magst. Wie oft warst du in den letzten zehn Jahren auf dieser Ranch? Ein Dutzend Mal?"

„Ich... ich hatte meine Gründe." Obwohl sich diese Gründe in diesem Moment nicht sehr wichtig anfühlten. „Aber dieses Haus, dieses Land, das ist unsere Familie."

„Und findest du nicht, dass dieses Land auch schlechte Erinnerungen deswegen hat?", fragte Dad. „Du weißt es nicht, weil ich es dir nicht erzählt habe, aber ich kann mich daran erinnern, wie dein Großvater mir den Hintern mit einem Gürtel so hart verprügelt hat, dass ich am nächsten Tag durch die Unterhose blutete. Warum? Weil ich einen

Fehler gemacht hatte, als ich eine Kuh angekettet hatte, die geboren hatte. Sie musste eingeschläfert werden. Eine Kuh, Bianca. Es war nicht mal Verschwendung, wir haben das Vieh gegessen! Warum, denkst du, habe ich das alte Ranchhaus abreißen und das neue bauen lassen, als er starb?"

Bianca schluckte, verletzt, aber nicht erschüttert von der Offenbarung. Ihr Großvater war ein harter Mann gewesen, das Produkt einer Generation, die nach einem anderen Kodex lebte. Sie hatte ein bisschen was gehört, aber nicht alles. Er war gestorben, als sie noch ein Baby war und nach solchen Geschichten war sie froh, keine Erinnerungen an ihn zu haben. „Mama ist hier gestorben, Dad."

„Ja... Ich kenne den Baum, Mädchen", sagte Dad. „Ich erinnere mich, wie ich sie dort gefunden und ins Haus getragen habe, weil klar war, dass sie tot war, bevor ich den Krankenwagen rief. Ich will diese Erinnerung nicht mehr, Bianca. Ich will nicht mehr die Kühe ansehen und an die Augen meines eigenen Vaters erinnert werden, so leer wie die einer toten Kuh, wenn er mich wieder und wieder und wieder geschlagen hat. Sicher, ich bin darüber hinweggekommen. Aber ich will endlich ganz damit abschließen."

„Dad, ich..." Tränen drohten in ihren Augenwinkeln. Sie versuchte immer noch, ihr inneres Gleichgewicht wiederzufinden. Sie musste herauszufinden, was vor sich ging. „Kannst du den Vertrag nicht sofort unterschreiben? Bitte?"

Dad nickte. „Ich werde warten, bis du zurück nach Springs fährst", sagte er. „Es tut mir leid, dass ich es dir nicht früher gesagt habe. Aber Fakt ist, ich will diese Ranch nicht mehr. Und es tut mir leid, dass ich deine Frühstückspläne durchkreuzt habe. Ich werde... etwas anderes machen."

Er verließ die Küche und Bianca stand auf, hin- und hergerissen. Ein Teil von ihr wollte zu ihrem Vater gehen, ihn weiter drängen, versuchen, ihn zur Vernunft zu bringen. Die Ranch verlassen? Das konnte sie verstehen.

Aber sie verkaufen?

Hatte ihre Entscheidung, das Leben außerhalb der Rockaways zu erkunden, ihn so sehr verletzt? Das musste sie wissen.

„Dad?"

Er sah von seinem Sessel auf, den Kiefer angespannt. „Bianca, ich habe diese Entscheidung nicht unüberlegt getroffen."

„Ich weiß, Dad, aber... ich verstehe immer noch nicht", sagte sie. „Mama zu verlieren hat wehgetan, aber das hat uns beide verletzt. Ich wollte die Ranch aber nie loswerden."

„Nein, aber du hast klargemacht, dass du die nächste Generation nicht hier großziehen willst", sagte Dad. Er seufzte, als er den Schmerz in ihrem Gesicht sah. „Ich bin nicht wütend auf dich deswegen, Bee. Es verletzt mich auch nicht. Ich tue das, weil ich in deine Fußstapfen treten möchte. Ich möchte sehen, ob es für mich ein Leben jenseits der Ranch gibt und dir die Möglichkeit geben, alles zu tun, was du willst. Die Zahlen, Bee. Die Zahlen sind überwältigend. Du könntest die Welt bereisen, du könntest eine Villa kaufen, du könntest eine Wohnung an der Upper East Side von Manhattan kaufen mit dem Batzen Geld, den ich dir geben könnte."

„Ich will keine Wohnung an der Upper East Side", sagte Bianca und ihr Vater zuckte mit den Schultern.

„Dann mach damit, was du willst, Bee. Eröffne deine eigene Tierarztpraxis. Du könntest das überall tun und in der Lage sein, einer Million kleiner Timmys zu helfen und ihre Katzen und Hunde zusammenzuflicken. Und bevor du etwas über die Arbeiter sagst, hier ist die Wahrheit. Diese Ranch beschäftigt nur fünf Leute in Vollzeit, vielleicht zehn in der Hochsaison. Das weißt du. Und all diese Jungs werden in der Lage sein, Jobs zu bekommen, die sogar besser bezahlt sind, wenn sie für die Bauträger arbeiten, Häuser bauen und mehr. Also mach dir keine Sorgen um Luke oder die anderen. Ihnen geht es auch ohne diese Ranch besser."

„Aber was, wenn deine Annahmen falsch sind?", fragte sie.

Als er nicht antwortete, drehte sie sich um und ging zur Tür hinaus, hinter Luke her. Er war eindeutig von der Nachricht verletzt gewesen und das, was er gesagt hatte, schien zu implizieren, dass er so etwas geahnt hatte.

Es dauerte lange, bis sie ihn fand, fast eine Stunde, da er sich einen Gator, eines ihrer Überland-Nutzfahrzeuge, aus der Scheune geschnappt hatte und damit zur entlegenen Weide gefahren war. Zumindest laut Steve, dem Arbeiter, der Dienst hatte, als Bianca herauskam. Sie war ihm auf einem Quad gefolgt, in die allgemeine Richtung gefahren und hatte mit den Augen gesucht. Glücklicherweise war das Gelände typisches östliches Colorado-Plateau, flach wie ein Pfannkuchen.

Schließlich fand sie ihn am Rande der nördlichsten Weide. Das grelle Neongrün des Gators half dabei, ihn vor den natürlichen Farbtönen der Umgebung abzuheben. Er tat nichts, saß einfach nur da und blickte auf das Land, das an die Reynolds Iron Ranch grenzte.

„Warum bist du hier draußen?", fragte er, als sie den Motor abstellte.

„Weil du gegangen bist, ohne dass wir unser Gespräch beendet oder auch nur begonnen haben", sagte sie. „Luke, was mein Vater gesagt hat, hat mich schockiert. Aber dich nicht?"

„Ich hatte die Gerüchte gehört", gab Luke zu und lehnte sich in den Sitz des Gators zurück. „Ich saß hier und versuchte herauszufinden, was ich den Arbeitern sagen soll, sobald dein Vater den Vertrag unterschrieben hat. Er hat Recht, weißt du. Investoren schnüffeln seit Jahren um die Rockaways herum. Springs wächst, Fort Carson mit ihm, sie drängen nach Süden. Pueblo drängt nach Norden. Irgendjemand denkt immer, dass die drei irgendwann zu einer großen Stadt verschmelzen werden."

„So wie die Immobilienpreise in den Städten sind, verstehe ich, warum."

Luke verzog das Gesicht. „Ein Haufen verwöhnter Vorstadtidioten, die glauben, dass sie die Erde zwingen können, zu tun, was sie wollen, ohne Konsequenzen. Sie wollen alles in Reichweite und innerhalb von dreißig Minuten von ihrem Zuhause. Steck ein Nagelstudio, ein paar Fastfood-Restaurants rein, oh, und vergiss nicht die Apotheke. Mach das Rockaway Center dem Erdboden gleich, ersetze es durch etwas Größeres, Moderneres, Einfacheres. Vielleicht noch eine Grundschule von der Stange dazu. Alles praktisch, alles billig, alles seelenlos."

„Manches davon ist gar nicht so schlecht", merkte Bianca an. „Wie eine Schule. Mit dem Bus eine halbe Stunde hin und zurückzufahren, ab der ersten Klasse, ist ätzend. Und wir waren gestern Abend in einem asiatischen Buffet. Das ist nicht gerade authentische Landküche."

„Zu dem wir hingefahren sind!", explodierte Luke. „Wir mussten irgendwo hinfahren und genau so sollte es sein! Sie können ihre suburbanen Totenzonen haben! Sie können ihre vorgeplanten Siedlungen und ihre Eigentümergemeinschaften haben, während sie riesige SUVs fahren, weil sie so Angst haben, dass sie nicht genug Müll in den Kofferraum eines normalen Autos stopfen können oder weil sie paranoid sind, dass sie einen Panzer um sich herum brauchen in einem urbanen Angriffs-Albtraum, der nur in ihren

Träumen existiert. Weil diese vierzehn Zentimeter Bodenfreiheit so wichtig sind, wenn man den ganzen Tag über Asphalt fährt."

Es war die raueste Abrechnung mit dem Stadtleben, die Bianca je gehört hatte und es schmerzte. „Das ist nicht der Grund, warum ich nach Colorado Springs gezogen bin, Luke."

„Nein? Warum dann?", fragte er und drehte sich um. Als sie nicht antwortete, schnaubte er abfällig. „Das dachte ich mir."

„Ich bin gegangen, weil ich nicht fragen wollte, was wäre wenn!", schrie sie und er drehte sich wieder zu ihr um. „Mein Gott, Luke, kapierst du es nicht? Ich bin hier aufgewachsen! Ich habe meine ersten Schritte in demselben Gras gemacht, in dem du mich gestern Abend geküsst hast. Ich habe gesehen, was mit den Kindern passiert ist, mit denen ich aufgewachsen bin. Die Hälfte von ihnen konnte es nicht erwarten, aus dieser Gegend rauszukommen. Weißt du, auf welche Highschool ich gegangen bin?"

„Lass mich raten... Overton High?"

„Bingo. Abschluss als Dreiundzwanzigste in einer Klasse von zweihundertdreiundfünfzig. Oberste Zehn Prozent, juhu. Aber ich wusste schon, dass ich wegwollte, weil ich mich nicht mit vierzig fragen wollte: 'Was wäre wenn?'. Ich wollte wissen, dass ich im Leben eine Chance ergriffen hatte, dass ich nicht nur ein weiteres Landei war."

„Nichts falsch daran, vom Land zu sein", knurrte Luke. „Die Luft, die ich atme, ist sauber, das Essen, das ich esse, ist sauber und das Geld, das ich bekomme, ist verdient. Wenn ich etwas lernen will, suche ich es im Internet. Ich bin ziemlich gut in Geschäftsmathematik geworden, dank kostenloser Bildungswebsites."

„Ja, das passiert in der Stadt auch, also hör auf mit der

selbstgefälligen Nummer", knurrte Bianca. „Ich habe auch Sechzig-Stunden-Wochen in der Klinik geschoben. Und die Kalbung, die wir zusammen gemacht haben? Das ist nichts im Vergleich zu manch anderem, was ich getan habe. Ich bin eine gute Tierärztin und das habe ich mir verdient."

„Du hast es dir verdient und die ganze Zeit deiner Familie den Rücken gekehrt", schoss Luke zurück. „Gib es zu, Bianca. Dein Dad ist ein Arsch, dass er das tut, aber er hat Recht. Du interessierst dich nicht für diese Ranch, du interessierst dich nicht für die Rockaways. Du bist nur hergekommen, um was? Irgendeine Schuld bei deinem Vater zu beschwichtigen?"

„Ich bin hergekommen, weil er mich brauchte und ich ihn liebe!", schrie Bianca. „Ich habe niemandem den Rücken gekehrt!"

„Nein? Warum lässt du ihn dann diesen Ort verkaufen?", brüllte Luke. „Warum setzt du dich nicht für dieses Land ein? Für dein Erbe? Für uns?"

Bianca hielt inne, schockiert. „Uns?"

„Ich dachte, es gibt ein Uns." Lukes Stimme hatte einen bitteren Unterton. „Ich dachte, vielleicht, nur vielleicht, hättest du dich in mich verliebt, so wie ich mich in dich verliebt habe. Ich dachte, vielleicht..."

Seine Stimme verlor sich und Bianca war wieder wie gelähmt. Sie sah Luke völlig schockiert an. Er hatte sich in sie verliebt? So richtig verliebt? „Luke-"

„Es ist ganz einfach, Bianca", sagte Luke. „Ich liebe dieses Land. Ich liebe diese Ranch. Und ich liebe dich. Wenn du... wenn du irgendetwas davon liebst, wirst du deinen Vater davon abhalten, diesen Ort zu verkaufen."

Bianca erstarrte erneut. In ihrem Kopf konnte sie den Schmerz in der Stimme ihres Vaters hören, als er sagte, er müsse gehen. Die Müdigkeit, den Schmerz, die Bereitschaft weiterzuziehen.

Wie er sie verurteilte, weil sie die Ranch auch nicht wollte. Er konnte nicht bleiben.

Aber konnte sie an seiner Stelle bleiben? Und was war mit Luke?

„Ich... Luke, ich werde nicht auf ein Ultimatum eingehen. Und ich muss nachdenken." Sie schluckte schwer. „Ich war auf all das nicht vorbereitet, ich dachte, wir könnten heute Morgen über uns reden und nicht über all dieses andere Zeug. Mein Kopf ist... voll."

Luke sah aus, als hätte sie ihn gerade in die Weichteile getreten, sagte aber nichts. Er sagte gar nichts. Er griff nur nach vorne und startete den Motor des Gators wieder und fuhr davon. Momente später war die Welt wieder still, bis auf den Wind und Bianca saß da und lauschte auf Weisheit. Eine Stunde später saß sie immer noch da, lauschte... und fand keine.

KAPITEL 8

LUKE

Das Klopfen an der Tür seines Wohnwagens überraschte ihn, aber Luke war noch überraschter, als er öffnete und Bianca auf der anderen Seite stand und ihn mit einem seltsamen Blick in den Augen ansah. „Was? Dachtest du, das wäre der Wohnwagen von jemand anderem?“

Sie schüttelte den Kopf und räusperte sich. „Nein, ich habe nur... nie gedacht, dass ich dich in Jogginghose und Unterhemd sehen würde.“

Luke sah an sich herunter und seufzte. „Wirklich? Du gehörst zu denen, die auf graue Jogginghosen stehen?“

„Und?“, fragte sie und zuckte mit den Schultern. „Wenn's funktioniert, funktioniert's. Und bei dir funktioniert's.“

„Danke. Warum bist du jetzt hier?“

Bianca holte tief Luft und sah ihm in die Augen. „Ich hab's dir gesagt, ich brauche kein Ultimatum. Aber ich will reden. Über dich und mich und alles, was vorhin nicht gesagt wurde. Also... kann ich reinkommen?“

Luke wägte seine Optionen ab. Er war ein Idiot gewesen, so schnell eine sprichwörtliche Linie im Sand zu ziehen. Und obwohl er wütend und verletzt war, musste er wissen, ob er sich geirrt hatte. Er traf seine Entscheidung, nickte und trat zurück. Bianca stieg die Stufen hoch und trat ein, ohne zu wissen, wie viel es ihn kostete, sie hereinzulassen. Die Zahl der Leute, die das Innere von Luke Swensons Wohnwagen gesehen hatten, konnte man an einer Hand abzählen.

„Als ich meinen Dad nach deiner Adresse fragte, hatte ich nicht erwartet, dich in einem Wohnwagen mitten auf einem Feld zu finden." Sie sah sich um. „Ich dachte, er zahlt dir gutes Geld."

„Tut er auch, aber im Moment brauche ich nicht mehr als das hier", antwortete Luke. „Ich kaufe dieses Land und wenn die Situation stimmt, werde ich hier ein Haus bauen. Vorerst reicht der Wohnwagen."

„Er ist schön." Bianca sah sich um. „Du hältst ihn wirklich sauber."

„Was willst du?", erwiderte Luke, als er sich auf seine Sitzbank setzte. „Sag einfach, was du zu sagen hast."

Bianca sah ein wenig verletzt aus, aber es war nichts im Vergleich zu dem Loch, das sich in Lukes Brust fraß. Allein sie anzusehen war eine Qual.

Sie sagte: „Nachdem ich eine Weile nachgedacht hatte, ging ich zurück zur Scheune. Ich war ein bisschen überrascht zu sehen, dass du dir den Rest des Tages freigenommen hattest."

„Ich habe Urlaubstage angesammelt", sagte er, „und ich wusste, dass ich mit den Arbeitern reden würde, wenn ich sie sähe. Ich hasse, was dein Vater tut, aber ich will, dass er derjenige ist, der es ihnen sagt. Das ist das Mindeste, was er tun sollte."

„Klar, aber... jedenfalls habe ich mittags und dann

danach noch mehr mit meinem Dad geredet“, fuhr sie fort. „Und er ist fest entschlossen zu gehen, Luke. Die Liste der Gründe ist so lang wie dein Arm, aber es läuft auf eines hinaus. Er will kein Rancher mehr sein.“

„Dann soll er die Ranch mir übergeben und ein stiller Teilhaber sein!“, flehte Luke. „Hol jemanden mit einem schicken Wirtschaftsabschluss, wenn er glaubt, dass ich was vermasseln könnte, aber-“

„Ich habe das alles versucht“, sagte Bianca. „Er hat nicht nachgegeben. Er will seinen Namen von der Ranch gestrichen haben und nichts wird das verhindern.“

Das traf Luke hart und er lehnte sich mürrisch zurück.

„Also ist es vorbei. Verstanden. Dann fange ich morgen an, Bewerbungen zu schreiben.“ Luke verschränkte die Arme vor der Brust. „Dafür musstest du nicht extra herkommen.“

„Darum geht es nicht!“, sagte Bianca. „Luke, ich will bleiben und ich könnte auch etwas auf der Ranch machen. Aber-“

„Aber du hast bereits ein Leben, du wolltest meine Gefühle nicht verletzen, du gehst raus, um ein paar Rubbellose zu holen, blah blah blah.“ Luke drehte sich weg und ging zum Kühlschrank. „Glaub mir, Bianca, ich habe das alles schon mal gehört. Die Litanei von Lügen und Mist, die am Ende nur bedeutet: 'Ich hau ab, Kleiner. Man sieht sich.'„

So war es gewesen Pflegeeltern, die ihm sagten, er hätte ein „neues Zuhause“, das sich als nicht viel mehr als ein Langzeithotelaufenthalt herausstellte. Oh ja, es ist ein neues Zuhause, Junge, dein neues Für-immer-Zuhause... solange du aufhörst, so wütend zu sein. Ja, du hast deinen Vater nie kennengelernt und deine Mutter hat ein paar Dinge gemacht, die nicht gerade sonntagsschulreif waren. Sie ist jetzt tot, also warum deswegen wütend sein?

Die Texte mochten sich geändert haben, aber die Melodie war immer dieselbe.

Es spielte keine Rolle, ob es Mädchen in der Schule waren, die mit einem Bad Boy durchbrennen wollten, nur um herauszufinden, dass das große Pflegekind mit den guten Genen und dem Sixpack keiner war. Trotz seiner Wut, trotz der miesen Klamotten und des permanent in sein Gesicht geätzten mürrischen Blicks war er kein böser Junge. Alles, was er wollte, war jemand, der ihn so akzeptierte, wie er war, ihn um seiner selbst willen liebte.

Aber das wollte niemand. Sicher, sie mochten seine von Natur aus großen Bizeps, sein Captain-America-Aussehen, aber wenn er das nicht mit einem tatsächlich bösen Charakter untermalte, nutzten sie ihn aus. Er war an der Nase herumgeführt und sogar verführt worden, bevor er erfuhr, was die Leute wirklich wollten.

Sie wollten mit ihm spielen und ihn dann wie Müll wegwerfen.

Genau wie seine Pflegefamilien. Sie nahmen gerne den Scheck jeden Monat vom Staat entgegen, aber wenn die kostenlose Hausarbeit nicht den Unterschied zwischen diesem Scheck und den tatsächlichen Kosten für Kleidung, Essen und Betreuung ausglich, wurde die Geduld knapp. Halt den Mund, Luke. Hör auf zu jammern, Luke. Warum kannst du nicht dankbar sein für das, was wir dir geben, Luke? Niemand will deine Meinung hören, Luke.

Du bist unwichtig, Luke.

Jetzt war Bianca an der Reihe. Sie hatte ihren Spaß gehabt, hatte ihn dazu gebracht, sein Herz noch einmal zu öffnen, nur um sich auf die Seite des Mannes zu stellen, der alles auseinanderriss. Es war ihr egal, wo ihre familiären Wurzeln lagen.

„Luke, bitte“, sagte Bianca.

Luke drehte sich zu ihr um und beschloss, dass er es diesmal nicht konnte. Er konnte keine weitere Wunde ertragen.

„Du hast ein Leben, Bianca“, sagte er kalt, die Augen verengt, als sein Herz in seiner Brust zu verkümmern drohte. „Ein gutes, in dem du tatsächlich das tust, was du im Leben tun willst. Also geh zurück. Mach dir um nichts hier Gedanken.“

Bianca schluckte und für einen Moment sah sie wirklich verletzt aus. Sie öffnete den Mund, um etwas zu sagen, aber Luke interessierte sich nicht für die Lügen, die sie zu sagen hatte.

„Geh einfach, Bianca. Geh und vergiss diesen Ort.“

Bianca stand auf und drehte sich zum Gehen. An der Tür hielt sie inne und sah zu ihm herüber. „Warum sollte ich dich je vergessen wollen?“

Er antwortete nicht und eine Träne rann aus ihrem Auge und über ihre Wange. Sie öffnete die Tür, ging hinaus und Luke blieb stehen, wo er war, im Küchenbereich, und starrte auf seinen Kühlschrank. Er kannte diesen Schmerz, es war der Schmerz eines gebrochenen Herzens.

Er hatte sein Herz einem Mädchen geschenkt, das niemals für ihn da sein konnte.

Wie hatte er sich so verdrehen lassen?

KAPITEL 9

BIANCA

„Wie läuft das mit dem Schwimmen für Mr. Pooksie?“, fragte Bianca, während sie den Hund hinter den Ohren kraulte, was Pooksie mehr liebte als alles andere auf der Welt. Sie war unglücklich, zwang sich aber zu Fröhlichkeit. Pooksies Anwesenheit half. „Er sieht glücklich aus.“

„Ist er, deine Idee war großartig!“, sagte Frau Davis. „Ich wollte nur, dass sich jemand kurz seinen Bauch ansieht. Er hat einen leichten Ausschlag bekommen. Aber er liebt das Wasser und er paddelt eine Stunde oder länger herum, wenn ich ihn lasse.“

„Dann schauen wir mal“, sagte Bianca. Sie bedeutete Pooksie, sich hinzulegen und der Hund drehte sich fast sofort um, spreizte die Beine nach außen und legte seinen Bauch frei. „Ah.“

Das Problem war klar, rosa, fleckige Halbkreise gereizter Haut, die strahlenförmig von den Hüftfalten des Hundes ausgingen. Bianca berührte vorsichtig das Fleisch und spürte die Wärme, die leicht vom entzündeten Bereich ausging. Ein einfaches Problem, aber Frau Davis war trotzdem besorgt.

Bianca wusste genau, was zu tun war. „Frau Davis, was für einen Pool haben Sie?"

„Mein neueo Pool?", fragte sie und Bianca nickte. „Es ist ein schöner, nur etwa zwanzig oder dreißig Fuß lang, aber er hat diese nette kleine Ausbuchtung, die als Whirlpool dient. Den kann ich sogar im Winter benutzen, und-"

„Ich meine, welche Chemikalien geben Sie rein?", sagte Bianca. „Denn Pooksie hat hier einen klassischen Fall von Ekzem."

„Das ist es?", fragte sie überrascht und Bianca nickte. „Ich weiß ehrlich gesagt nicht. Meine Söhne haben einen Poolservice für mich organisiert. Einer ihrer Techniker kommt ab und zu vorbei."

Bianca bedeutete ihr herüberzukommen, um ihren Hund in Position zu halten und ging zum Schrank. Sie nahm eine Pumpflasche heraus, drückte dreimal in ihre Handfläche, bevor sie es auf Pooksies Bauch auftrug und vorsichtig einmassierte, bis alles eingezogen war.

„So, das wird jetzt helfen. Wenn Ihr Pooltyp das nächste Mal vorbeikommt, fragen Sie ihn, ob er eine niedrigere Dosis Chlor verwendet oder besser noch, ob er auf Brom umsteigen kann", sagte sie. „Brom ist oft sanfter für die Haut eines Hundes. Wischen Sie Pooksie vorerst gründlich mit einem warmen Waschlappen ab, wenn er aus dem Pool kommt. Und wenn die Rötung anhält, verwenden Sie einfach etwas Hautcreme, wie ich es getan habe."

„Oh je, das ist ja so... danke", erwiderte Frau Davis gerührt. „Welche Lotion haben Sie verwendet? Ich will sichergehen, dass es das Richtige für Pooksies Haut ist."

„Nichts Besonderes, nur... Eutercreme." Biancas Hals zog sich zusammen. Sie war erst seit zwei Tagen wieder zurück, hatte die Ranch früher verlassen. Papa konnte alleine zurechtkommen und der Gedanke, Luke wiederzusehen, war wie ein Schlag in den Magen. Also war sie ein paar Tage früher abgereist, nachdem sie von ihrem Vater das Versprechen erhalten hatte, ihr Bescheid zu sagen, bevor er den Vertrag mit dem Investor unterschrieb. Dann kehrte sie in die Praxis zurück und gönnte Dr. Cobb einen freien Tag.

Allein der Anblick der Eutercreme und der Gedanke an Kühe brachten sie jedoch an den Rand der Tränen. Nach ein paar Sekunden meldete sich Frau Davis zu Wort. „Geht es Ihnen gut, meine Liebe?“

„Hmmm?“, fragte Bianca, bevor sie sich räusperte. „Ja, nur... Erinnerungen.“

„Ich kenne diesen Blick, wissen Sie“, sagte sie. „Ich habe vier Söhne und lassen Sie mich Ihnen sagen, ich habe diesen Blick auf allen bis auf einem ihrer Gesichter gesehen. Sie hatten sich verliebt und etwas vermasselt. Der andere hatte einfach Glück, schätze ich. Liege ich hier richtig?“

„Ich... wir haben beide was vermasselt“, sagte Bianca schließlich. „Aber ich will Sie nicht damit belasten.“

„Oh, das ist überhaupt keine Belastung“, sagte Frau Davis. „Sie sind ungefähr im richtigen Alter, wenn ich eine Tochter hätte und nach vier Jungen ist es schön, einer jüngeren Frau einen Rat zu geben. Zum Glück haben meine Söhne alle gute Frauen geheiratet und ich habe schon ein paar Enkel. Aber wenn Sie Hilfe brauchen, meine Liebe, höre ich Ihnen gerne zu.“

Bianca wollte Frau Davis alles erzählen, hielt sich aber zurück. „Vielleicht ein anderes Mal, Frau Davis. Genießen sie und Pooksie jetzt Ihren Tag. Ich begleite Sie nach oben.“

Als sie sich dem Wartebereich näherten, hörte Bianca einen Tumult, der sich von den normalen Geräuschen im Wartebereich der Klinik unterschied. Als sie näher kam, hörte sie Celine, die Rezeptionistin, sagen: „Es tut mir leid,

Sir, aber wenn Sie nicht mit einem Tier hier sind, muss ich Sie bitten zu gehen."

„Ich gehe nirgendwo hin, bis ich Bianca gesehen habe."

Die Stimme ließ Bianca in ihrer Bewegung erstarren und neben ihr hob Frau Davis Mr. Pooksie hoch. „Ist jetzt ein anderes Mal?", fragte sie und Bianca nickte. „Er hat eine starke Stimme. Ist das etwas Gutes?"

„Ich weiß es nicht." Bianca eilte in den Wartebereich, wo sie Luke vorfand. Er stand am Tresen und sah so anders aus, als sie ihn je zuvor gesehen hatte. Lebendig, emotional, verletzlich.

Nein, sie hatte ihn schon einmal so gesehen. Einmal.

Als er sie geküsst hatte.

„Luke?"

„Bianca!", rief Luke aus, seine Augen leuchteten auf, als er sie ansah. Er zitterte fast sichtbar, so aufgewühlt war er. „Bitte, nur zwei Minuten. Es tut mir so leid, ich war ein Idiot und ich hätte dir zuhören sollen. Du hast Recht, ich hätte dir keine Linie in den Sand ziehen sollen und ich hätte dich nicht wegstoßen sollen. Ich bin innerlich so durcheinander und ich vertraue den Leuten nicht leicht. Ich hatte Angst, ich habe jetzt Angst, denn um dich zu haben, muss ich mich dir öffnen. Aber ich will das tun. Als ich sagte, dass ich dich liebe, meinte ich nur-"

Sie unterbrach ihn, trat vor und küsste ihn so fest, wie er sie in jener Nacht geküsst hatte. Er schmolz unter ihrer Berührung dahin und als sie sich zurückzog, waren ihre Fingerspitzen feucht von seinen Tränen. „Du bist gekommen."

„Ich bin gekommen", sagte er und Bianca merkte, dass nicht nur sie weinte. „Ich werde diesmal kämpfen, Bianca. Für dich, für das, was ich gefühlt habe. Für die Ranch. Du kannst nicht zulassen, dass er sie verkauft. Ich schwöre, ich werde etwas ausarbeiten."

„Nein, wir werden etwas ausarbeiten", korrigierte Bianca ihn. „Denn ich will mit dir kämpfen, Luke. Das habe ich dir neulich Abend zu sagen versucht."

„Ich war ein Idiot."

„Wissen Sie, Sie klingen wie ein Cowboy", sagte Frau Davis, die immer noch neben Bianca stand. „Sind Sie ein echter Cowboy, junger Mann?"

Luke sah Frau Davis an und richtete sich auf. „Ja, Ma'am. Manchmal vergesse ich allerdings, mich wie einer zu benehmen. Wie bei Bianca neulich Abend."

„Ja, das kann ich glauben", sagte Frau Davis. „Sie sind im Grunde alle Cowboys."

„Wer?"

„Ihre Söhne", sagte Bianca und Luke nickte. „Sie hat vier. Sie haben ihr diesen Hund geschenkt."

Luke sah Pooksie an, der vor Aufregung hechelte. „Und Sie verstehen sich gut mit ihnen?"

„Bestens", sagte Frau Davis. „Und was ist das jetzt mit dem Kampf um eine Ranch?"

„Die Ranch meiner Familie", antwortete Bianca. „Mein Dad will sie verkaufen."

„Wie viel?"

Bianca schüttelte amüsiert den Kopf. „Frau Davis, ich weiß, Sie meinen es gut, aber es ist eine Ranch mit über zweitausend Hektar. Eine solche Immobilie-"

„Ist nur ein bisschen kleiner als die, die meine Jungs in Texas besitzen", beendete Frau Davis Biancas Satz und lächelte verschmitzt. „Ich habe Ihnen doch gesagt, dass sie einen großen Betrieb gekauft haben, oder? Und obwohl ich vielleicht nur eine sehr kleine Minderheitsaktionärin in der Firma meiner Söhne bin, habe ich ein paar Groschen, die ich in der Tasche zusammenreiben kann. Wie wäre es also, wenn wir in ein Büro oder irgendwo hingehen, wo es etwas weniger öffentlich ist, und Sie beide mit mir reden?“

Bianca sah Luke an, der mit den Schultern zuckte. „Der Plan hört sich besser an als meiner.“

Es war fast zehn Uhr abends, als Bianca und Luke wieder auf der Ranch vorfuhren. Bianca hielt seine Hand, als sie sich der Tür näherten und klingelten. Es war spät, aber es gab keine Möglichkeit, noch länger zu warten.

Ihr Verstand war erschöpft, schwirrte von den Gesprächen, die sie in den letzten Stunden geführt hatten. Drei Leute waren zu neun geworden, mit Videoanrufen, die durchs ganze Land und in ihrem Kopf herumsprangen, während sie und Luke fieberhaft daran arbeiteten, einen Plan auszuhecken.

Und am Ende hatten sie einen.

Jetzt mussten sie ihn nur noch in die Tat umsetzen.

Die Veranda beleuchtete sich und einen Moment später hörte Bianca ein Stampfen auf dem Boden. „Was zum Teufel... Bianca? Luke?“, sagte ihr Vater, als er die Tür öffnete. „Was macht ihr um diese Zeit hier? Es ist ja fast mitten in der Nacht!“

„Es ist zehn, Dad.“ Bianca lächelte. „Für Rancher ist es mitten in der Nacht, für Tierärzte ist es ungefähr die Zeit, zu der wir einen Anruf bekommen, dass Muffin gerade ein Waschmittel-Pod gefressen hat und was ich dagegen tun kann. Wir müssen reden.“

„Ihr könnt immer mit mir reden.“ Dad trat zurück. „Seid ihr zwei zusammen? Oder wieder zusammen? Oder was zum Teufel ist hier los?“

„Ja.“ Luke nahm Biancas Hand. „Ich war ein Idiot, Reed. Aber sie gibt mir eine Chance. Ich habe eine Menge Dinge wiedergutzumachen und viele Fehler zu korrigieren. Aber sie gibt mir eine Chance.“

„Und wir sind heute Abend hier, um dich anzuflehen, Dad, verkauf die Ranch nicht an diese Investoren“, sagte Bianca. „Wenn du das tust, zerstörst du die Rockaways. Das Einkaufszentrum würde plattgemacht und ersetzt werden. Die Leute, die hier in der Gegend wohnen, würden feststellen, dass sie sich die Mieten nicht mehr leisten können, wenn dieses Gebiet gentrifiziert und zubetoniert wird.“

„Die Marke Reynolds Iron bedeutet etwas, Reed“, sagte Luke. „Bianca hat mir von den schlechten Erinnerungen erzählt, die du damit verbindest, aber es gibt auch gute Erinnerungen. Diese Ranch, hier habe ich gelernt, ein Mann zu werden. Hier habe ich endlich angefangen, gut über mich selbst zu denken, dass ich in dieser Welt etwas wert bin und nicht nur irgendein weggeworfenes Waisenkind. Das war diese Ranch, aber mehr noch, das warst du.“

Dad sah überrascht aus und blinzelte. „Meinst du das ernst?“

„Dad, du hast mir hier das Fahrradfahren beigebracht und das Reiten“, fügte Bianca hinzu. „Ich bin nach Colorado Springs gegangen, um meine Zukunft zu finden, aber ich weiß jetzt, dass mein Zuhause hier ist. Ich weiß, dass du das Gefühl hast, gehen zu müssen, die Welt zu erkunden. Und ich will das für dich. Aber ich will auch diese Ranch, Dad. Ich weiß, es gibt Schmerz und schlechte Erinnerungen. Aber es gibt auch viele gute Erinnerungen und ich will neue hinzufügen. Ich brauche diese Ranch, Dad. Wir brauchen diese Ranch.“

Dad blickte von Bianca zu Luke, die Augen zusammengekniffen. „Bist du sicher?“

„Ich weiß, es ist plötzlich, ich weiß, es ist seltsam." Luke führte Biancas Hand an seine Lippen. „Aber ja. Ich stehe hundertprozentig hinter ihr, Reed."

„Und wenn ihr die Ranch nicht bekommt?"

Luke sah Bianca an und drückte ihre Hand. „Dann muss ich wohl lernen, ein Stadtjunge zu sein. Oder wohin auch immer Bianca gehen will."

Es war ein Moment, der jegliche Sorgen um die Marke Reynolds Iron aus Biancas Kopf vertrieb. Ja, sie hatten einen Plan. Aber Pläne ändern sich. Die Welt verändert sich. Luke aber? Luke würde bei ihr bleiben, egal welche Veränderungen es geben mochte.

„Okay dann", sagte Reed. „Die Ranch gehört euch."

„Warte... wirklich?", fragte Luke und Reed nickte. „Aber?"

„Aber Bianca hat Recht. Ich will immer noch aussteigen, mich zurücklehnen und den Rest der Welt sehen, oder zumindest einen Teil davon", sagte Reed. „Ich will eure Pläne hören, wie wir das möglich machen können."

Bianca lächelte und drückte Lukes Hand. „Lass uns ins Wohnzimmer gehen, wir haben ein paar Informationen, die dich sicher zum Lächeln bringen werden."

KAPITEL 10

LUKE

„Sind Sie sicher, dass die die Kühe nicht stören?“, fragte Luke misstrauisch, als er die Metallkonstruktion betrachtete, die auf der Weide zusammengebaut wurde. Es schien nicht viel zu sein, ein einziger Lastwagen und Anhänger enthielten die gesamte notwendige Ausrüstung. Das könnte Teil des Weges in die Zukunft für die Reynolds Iron sein. „Scheint mir, als würde es Probleme verursachen.“

„Nö“, sagte der leitende Techniker. „Die Idee ist, dass die Neigung der Konstruktion genügend Sonnenlicht einfängt, um den größten Teil des Tages Strom zu erzeugen, aber es kommt immer noch genug durch, damit Ihr Gras weiterwachsen kann. Oder Pflanzen, die schattigere Umgebungen mögen. Eigentlich ist das hier die sechste Farm, auf der ich arbeite und die Besitzer sagen mir, dass die Kühe es mögen. Es wird zu einer Art schattiger Stelle für sie im Sommer. Und alle Kabel sind tief genug unter dem Weideland vergraben, dass Ihre Kühe nicht mal merken, dass sie da sind, sobald das Gras nachwächst.“

„Dagegen kann ich nichts sagen", gab Luke zu. „Ich schätze, ich überlasse Sie und Ihre Crew dann der Arbeit."

„Großartig. Außerdem hätte ich gerne morgen einen meiner Leute auf Ihrem Scheunendach, um die dortige Installation zu bewerten. Wird das ein Problem sein?"

„Überhaupt nicht", sagte Luke. „Sagen Sie mir einfach Bescheid, wenn Sie Elektrowerkzeuge dort hinaufbringen wollen. Ich würde die Herde während dieser Zeit so weit wie möglich auf der Weide halten."

„Machen wir", sagte der Cheftechniker. „Danke."

Mit einem Tippen an seinem Hut stieg Luke wieder auf das Quad und fuhr zurück zum Scheunenbereich, wo er Bianca in den Ställen fand. Sie sah sich Chief an. „Wie geht's ihm?"

„Wir können nächste Woche versuchen, ihn mit einem Reiter ein bisschen laufen zu lassen." Sie drehte sich um, schlang die Arme um Lukes Taille und küsste ihn. Luke lehnte sich zu ihr, umfasste ihren Hinterkopf und küsste sie so, wie er wusste, dass sie es mochte. Sie hatten in den letzten Wochen viele Küsse ausgetauscht und einander kennengelernt, während sie lernten, die Ranch zu führen.

Sie hatten sich die Zeit genommen, Vertrauen aufzubauen und sich gegenseitig zu öffnen. Er verstand, warum sie weggegangen war, was sie wollte und warum das, was sie *wirklich* wollte, die ganze Zeit hier auf der Ranch gewesen war. Andererseits lernte sie ihn kennen, während er sich über seine Unsicherheiten, seine Ängste und die Traumata seiner Vergangenheit öffnete.

Es hatte ihn auch viel über sich selbst gelehrt.

„Den brauchte ich gerade", sagte Luke, als er zurücktrat und Bianca sich lächelnd auf die Lippe biss. Sie war so glücklich. Ihre sprudelnde Persönlichkeit glich seine natürliche Vorsicht aus und ihre Verspieltheit machte jeden Tag zu einem Wunder. „Die Installation läuft gut draußen auf der Weide."

„Ich weiß, dass du Fragen hast, aber das war Teil des Deals", erinnerte ihn Bianca. Er wusste es und fand es lustig, aber es machte Sinn. Die Söhne von Frau Davis waren auf ihrer Ranch in Texas fast umweltverrückt geworden und hatten überall, wo es ging, Solarzellen und Windräder installiert. In ihren Verhandlungen hatte sie Luke und Bianca die Zahlen gezeigt. Die Menge an Strom, die diese Ranch produzieren konnte, war beeindruckend und würde der Ranch sogar in den Monaten zwischen den Rinderverkäufen Geld einbringen.

Es war Teil der neuen Generation der Reynolds Iron Ranch, einer Generation, die das Moderne annehmen und gleichzeitig die traditionellen Werte der Ranch beibehalten würde.

Und das bedeutete Luke so viel. Es war sein Weg zur Heilung, jeden Tag ein bisschen mehr zu vertrauen, sein Herz ein bisschen mehr zu öffnen. Er lernte, dass verletzlich zu sein nicht gleichzusetzen war mit Schwäche. Wenn überhaupt, machte es ihn stärker als je zuvor.

„Und wie war der Rest des Vormittags?", fragte Luke, als er und Bianca ihre Aufmerksamkeit wieder Chief zuwandten. Jeder von ihnen nahm eine Bürste und striegelte das Pferd mit langen, ausholenden Bewegungen. „Hat dein Dad sich schon entschieden?"

„Noch nicht ganz", sagte Bianca. „Als er vorhin rauskam, sagte er, und ich zitiere: 'Das Land ist schön, aber ich muss mehr haben als einen Wohnwagen.'„

Luke schnaubte. „Er redet davon, sechs oder sieben Monate im Jahr durchs Land zu reisen. Was zum Teufel braucht er auf diesem Grundstück anderes als ein einfaches Bett, um seinen Kopf abzulegen, wenn er hier ist?"

Bianca zuckte mit den Schultern. Reed Reynolds lernte und entwickelte sich ebenfalls weiter. Es war Teil des Deals, ein Landtausch, der Lukes halben Hektar zu Reeds machte. Aber Lukes Wohnwagen war bestenfalls provisorisch, was Luke verstehen konnte.

Dennoch war sein zukünftiger Schwiegervater ziemlich eigensinnig, was seine neuen Wohnverhältnisse anging, wenn man bedenkt, dass er die nächsten zwanzig Jahre zehntausend Dollar im Monat dafür bekam, nichts zu tun. Andererseits war es für Luke und Bianca ein Schnäppchen im Vergleich zum geschätzten kommerziellen Preis der Ranch und alle gingen glücklich aus dem Deal heraus.

„Er wird es wissen, wenn er das Wohnmobil findet, das er will", sagte Bianca. „Übrigens habe ich bei meinem Ausflug ins Rockaway Center heute gute Nachrichten bekommen."

„Oh?", fragte Luke und Bianca nickte. „Was denn?"

„Zwei Leute kamen auf mich zu und fragten nach meinen Diensten", sagte sie und Luke strahlte. Es war Teil der Abmachung zwischen ihnen. Bianca würde weiterhin ihrer Leidenschaft nachgehen, Tierärztin zu sein. Sicher, es war nur Teilzeit, damit sie auch auf der Ranch arbeiten konnte, aber das war ihre Entscheidung. Sie würde kein Büro eröffnen, sondern Hausbesuche machen oder Patienten zur Reynolds Iron bringen lassen, aber das war für Luke auch in Ordnung.

„Ich freue mich und bin stolz auf dich", antwortete Luke. „Was für Haustiere?"

„Laut Besitzer ein achtzig Pfund schwerer Mischling und, halt dich fest… eine Schildkröte."

Luke hörte auf, Chief zu striegeln und hob eine Augenbraue. „Eine Schildkröte?"

„Genauer gesagt eine Russische Landschildkröte, wenn

die Erinnerung des Besitzers stimmt." Bianca kicherte. „Er ist auch der Besitzer des Shops an der Autobahn, also gibt es da vielleicht ein paar Fragen."

„Ah... vielleicht solltest du nachprüfen, was für Blattgemüse er seiner Schildkröte füttert", scherzte Luke und Bianca lachte. Es war ein Lachen voller Licht und Liebe, das ihn dazu brachte, mit einzustimmen. Er hörte eine Widerspiegelung dieses Lichts und dieser Liebe in seinem eigenen Lachen und hielt inne, erstaunt. „Du bist... mehr, als ich je sagen kann."

Bianca errötete leicht. „Du gibst dir selbst nicht genug Anerkennung. Du hast mich daran erinnert, dass all das Zeug, nach dem ich gesucht habe? Das war nur nebensächlich. Was ich wirklich wollte, war es mein Herz und meine Seele zu finden und das habe ich. In Dir. In dieses Leben."

Luke, gerührt, kam wieder um Chief herum auf Biancas Seite, nahm ihre Hände. „Weißt du, diese Ranch, worüber wir sprechen, das ist eine lebenslange Verpflichtung."

Bianca nickte. „Ich weiß. Aber das ist das Leben, das ich will. Wir schaffen ein wahres Zuhause, mit unserem wahren Lebenszweck. Ist es nicht das, worum es wirklich geht?"

Luke nickte und schluckte nervös. „Das ist es. Du hast mir beigebracht zu lieben, mich nicht zu verstecken, mich... mich lieben zu lassen. Und ich möchte, dass das so weitergeht. Deshalb dachte ich, ich weiß, es ist schnell, aber wenn es gut ist, ist es gut."

„Und es ist gut zwischen uns." Bianca legte einen Finger auf seine Lippen. „Aber bevor du mir die Frage stellst, von der ich denke, dass du sie mir stellen wirst, lass mich dir ein paar Dinge fragen. Erstens, hast du mit Dad darüber gesprochen?"

„Ich habe mit deinem Dad gesprochen, ja." Tatsächlich hatte Reed sich vor über einer Woche an Luke gewandt und sich gefragt, wie lange es dauern würde, bis Luke seinen Hintern hochkriegen würde.

„Frage zwei“, fuhr Bianca fort, „erwartest du, dass ich eine Brautzilla werde? Oder erwartest du, dass wir unsere Flitterwochen direkt hier verbringen?“

„Eigentlich dachte ich an die hinteren vierzig Hektar“, scherzte Luke und Bianca lachte leise. Ernst werdend sagte er: „Bianca, ich erwarte nicht, dass du jemand anderes bist als du selbst. Große Hochzeit, kleine Hochzeit, Brautzilla oder kühl wie eine Gurke im Kühlschrank, solange du meine Frau werden willst, kriegen wir das hin.“

„Dann noch eine letzte Sache...“ Bianca grinste. „Wenn du mir einen Ring besorgt hast, besorg mir besser auch eine Kette, um ihn zu tragen. Auf keinen Fall werde ich eine Hand mit einem Diamantring in eine gebärende Kuh stecken.“

Luke hielt inne und summte. „Guter Punkt, daran hatte ich nicht gedacht.“ Er griff in seine Tasche. „Stattdessen dachte ich, du willst ihn nicht für die Arbeit in der Scheune tragen. Also habe ich das hier für dich besorgt. Etwas, das du die ganze Zeit tragen kannst.“

Luke ließ sich Zeit, die Goldkette mit dem kleinen Diamantanhänger herauszuziehen, aber als sie hervorkam, weiteten sich Biancas Augen. „Du kennst mich jetzt schon so gut.“

„Nein, aber ich möchte den Rest meines Lebens damit verbringen, dich morgen besser zu kennen als heute“, sagte Luke. „Ich möchte mit dir eine Lebenszeit voller Erinnerungen aufbauen und diese Ranch mit unserer Liebe und Familie füllen. Also Bianca Reynolds, willst du mich heiraten?“

Bianca nickte und hob ihr Haar hoch, damit er den Anhänger befestigen konnte. „Ja, Luke. Mit Freuden.“

KAPITEL 11

LUKE

Zwei Jahre später

„Schau dich an!", sagte Frau Davis, als sie aus ihrem SUV stieg und strahlte. Mr. Pooksie war natürlich bei ihr, hüpfte fast und zerrte an seiner Leine, sobald seine Pfoten den Boden berührten. Trotz seines mittlerweile „erwachsenen" Alters hatte er viel Energie und war begierig darauf, zu seinem „Spielbereich" zu kommen, da war Bianca sicher. Allerdings teilten sich die meisten Hunde gerne einen Zaun mit einem Pygora-Ziegen-Gehege. „Wie viele Monate haben Sie noch vor sich?"

„Eher Wochen", sagte Bianca glücklich, als sie über ihren geschwollenen Bauch rieb. „Und zwar drei. Sie sind meine letzte Patientin. Danach mache ich nichts anderes mehr, als zu den Ziegen und Pferden zu watscheln, sie zu füttern und mich auszuruhen. Wissen Sie, das mag seltsam klingen, wenn man bedenkt, dass ich Ärztin bin, aber mein Frauenarzt macht mich wahnsinnig."

„Lassen Sie mich raten", sagte Frau Davis wissend, „er will, dass Sie es ruhig angehen lassen und in den nächsten paar Wochen nichts tun. Bettruhe nannten sie es, als ich meine Jungs bekam."

„Das will er!", schüttelte Bianca den Kopf. „Ich stehe hier, bereit für etwas, das einem Marathon gleichkommt, wenn man bedenkt, wie lange eine Geburt normalerweise dauert, und er will, dass ich auf meinem Hintern sitze und Eiscreme esse. Dieser Mann... zum Glück hat mir seine Hebamme gesagt, ich soll das alles ignorieren und meinen Instinkten folgen."

„Kluge Frau", bemerkte Frau Davis. „Wenn man tut, was man kann, wird schon alles gut. Geht es Ihnen also gut genug, mir die Tour durch meine Investition zu geben?"

Bianca grinste und nickte. „Klar, solange es Ihnen nichts ausmacht, im Gator mitzufahren. Ich bewege mich zwar noch, aber die Pferde sind für die nächsten sechs Monate oder so tabu."

„Das ist wahrscheinlich eine gute Idee", sagte Frau Davis. Sie drehte sich um und die beiden gingen zum Freigehege für Haustiere, das derzeit leer war. „Wie läuft die Tierarztpraxis?"

„Angenehm geschäftig." Bianca öffnete das Tor und Frau Davis ließ Pooksie laufen. Er sprintete sofort zum Zaun und bellte fröhlich. Die Ziegen, die an solche Kapriolen von vertrauten Tieren gewöhnt waren, ignorierten ihn mehr oder weniger, bis auf eine, die sich umdrehte und die Nase mit ihm berührte. „Ich habe so ziemlich so viele Kunden, wie ich bewältigen kann. Die anderen örtlichen Farmen und Ranches schätzen es sehr, dass 'eine von ihnen' rauskommt, um sich ihre Tiere anzusehen."

„Das ist gut." Frau Davis sah zu den Ziegen hinüber. „Und wie geht es den Ziegen übrigens?"

„Profitabel. Wir denken noch nicht an Fleischverkauf, Pygoras können bis zu vierzehn Jahre alt werden und ihre

Wolle ist viel wertvoller als ihr Fleisch. Luke hat eine Verbindung zu einem Künstlerkollektiv in New Mexico hergestellt. Sie lieben unsere Ziegen und kaufen die gesamte Wolle, die wir produzieren", sagte Bianca. „Wissen Sie, als Sie uns Ihren 'Deal' skizzierten, hatte ich halb die Sorge, Sie wären ein bisschen verrückt?"

„Und trotzdem haben Sie den Deal angenommen", merkte Frau Davis mit einem Lächeln an. Sie erreichten den Gator und sie stieg auf den Beifahrersitz. „Vielleicht ist Verrücktheit ansteckend?"

„Vielleicht." Bianca setzte sich ans Steuer und startete den Wagen. Sie verbrachte den größten Teil des Nachmittags mit ihrer Tour und einem kurzen Check-up bei Mr. Pooksie. Aber als Frau Davis davonfuhr, fühlte sich Bianca gut.

„Fröhlichen zweiten Jahrestag", sagte Luke hinter ihr, als er vorsichtig die Arme von hinten um sie schlang. „Hat sie etwas dazu gesagt?"

„Nein, aber ich weiß, dass sie sich erinnert hat", sagte Bianca. „Zwei Jahre besitzen wir diesen Ort jetzt. Es kommt mir vor, als wäre es erst gestern gewesen."

„Ich weiß, was du meinst." Luke küsste zärtlich ihren Nacken. „Komm, ich habe deinen Schaukelstuhl auf der Veranda bereit."

Bianca lächelte und nahm die Hand ihres Mannes. Er war alles, was sie sich je hätte vorstellen können. Er war ein Freund, der sie zum Lachen brachte. Sie saßen nach der Arbeit zusammen, redeten und teilten Geschichten. Luke hatte eine Art an sich, wenn er sich öffnete, dass er sie mit der Nacherzählung einer simplen Anekdote aus seinem Arbeitstag fast vor Lachen zum Platzen bringen konnte

Er war ein Partner, der half, die nun Swenson-Reynolds Iron Ranch profitabler zu führen, als sie es unter der Leitung ihres Vaters je gewesen war. Sie hatten bereits zwei weitere

Vollzeitkräfte einstellen können, um die Kühe, Ziegen und grünen Stromknotenpunkte besser zu bedienen.

Er war ein Liebhaber, der ihr bei der bloßen Erinnerung an seine Berührung glückliche Schauer über den Rücken jagte. Ja, es hatte fast ein Jahr nach der Hochzeit gedauert, bis sie schwanger wurde, aber das lag nicht am Mangel an Intimität. Wenn überhaupt, war er bereit zuzuhören, sie so zu berühren, wie sie berührt werden wollte und sie so zu lieben, wie sie geliebt werden wollte. Alles, was sie zusammen taten, fühlte sich gut, ehrlich und rein an. Auch wenn sie die Einzelheiten, wie sie und Luke sich liebten, mit niemandem teilen würde, schämte sie sich für keine einzige Sache, die sie getan hatten.

Denn vor allem war Luke Swenson ein Ehemann, der sie voll und ganz liebte.

Und bald würde er Vater sein.

Tief in ihrer Seele wusste sie, dass er der beste der Welt sein würde.

Er zeigte bereits die Anzeichen dafür, wie den Schaukelstuhl, den er umgebaut hatte, mit breiteren, dickeren Kufen, die den Sitz um vier zusätzliche Zoll anhoben und das Hinein- und Herauskommen einfach und leicht machten.

Dennoch war sie dankbar für seine helfende Hand, als sie sich mit einem leisen Grunzen hinsetzte. „Gott, ich fühle mich wie eine der Kühe."

„Du bist wunderschön." Luke kniete nieder und umfasste ihr Gesicht. „Jeden Morgen bin ich dankbar, neben dir aufzuwachen. Du bist die schönste Frau der Welt, heute, morgen und für immer."

„Auch wenn unsere Tochter auftaucht?", fragte Bianca und rieb sich über den Bauch. Sie spürte einen Tritt und lächelte, nahm seine Hand und legte sie auf ihren Bauch, damit sie beide spüren konnten, wie das Baby zappelte. „Sie steckt voller Energie."

„Wenn sie auch nur ansatzweise nach ihrer Mutter kommt, bin ich der glücklichste Vater der Welt."

„Du wirst ein großartiger Papa", versicherte ihm Bianca, als Luke aufstand und sich in seinen eigenen Schaukelstuhl setzte. Er griff hinüber, nahm ihre Hand und schaukelte im Einklang mit ihr. Eine lange Zeit schwiegen sie, sahen nur zu, wie in weiter Ferne die Sonne die Berge berührte. „Dieses Land ist etwas Besonderes."

„Die Menschen machen es zu etwas Besonderem", erwiderte Luke und Bianca summte. „Ich weiß, wir fangen gerade erst an, aber ich dachte nach. Ich hasste es, ein Einzelkind zu sein, schon bevor meine Mutter starb."

„Ist es das, woran du denkst?", fragte Bianca amüsiert. „Nun, wenn das der Fall ist, müssen wir das Geschäft ausbauen. Denn wenn wir einen Jungen bekommen, wird er nach dir kommen."

„Ist das was Schlechtes?"

„Nö... außer dass wir vielleicht eine separate Herde anfangen müssen, nur um die Familie zu ernähren", neckte Bianca.

„Damit habe ich kein Problem", versicherte ihr Luke. „Du, unsere Familie? Das ist das beste Leben, das ich mir vorstellen kann."

„Ich auch", sagte Bianca, als die Sonne hinter den Bergen verschwand. Als das Licht verblasste, blieb sie, wo sie war und lauschte dem Wind. Er sang das Lied der Zukunft und es war ein Liebeslied. Sie lächelte. „Ich auch."

BÜCHER VON OLIVIA SANDS

Finden Sie alle neuen Bücher auf

www.OliviaSands.com/bucher

Kentucky Green series :

Colton

Jaxon

Braxton

Weston

The Rockaways, Colorado

Die Tierärztin und der Cowboy

ÜBER DIE AUTORIN

Olivia Sands ist die glückliche Mutter eines zertifizierten Strebers und einer abenteuerlustigen Tierärztin.

Sie schreibt zeitgenössische Liebesromane, die in Elm Ridge, einer fiktiven Kleinstadt in Kentucky, spielen.

Werden Sie Mitglied von Olivias VIP-Lesegruppe, (https://oliviasands.com/g/) erhalten Sie Gratismaterial und verpassen Sie nie wieder Neuigkeiten!

OHNE TITEL

Haftungsausschluss

Dieses Buch ist ein fiktives Werk.

Obwohl einige der genannten Orte in Wirklichkeit existieren, ist die Geschichte frei erfunden.

Die Namen, Charaktere und beschriebenen Geschehnisse entstammen der Fantasie der Autorin.

Jegliche Ähnlichkeit mit wahren Begebenheiten oder Personen, lebendig oder tot, ist rein zufällig.

Zur Einholung der Erlaubnis, wenden Sie sich bitte unter folgender Adresse an die Herausgeberin.

contact / Olivia Sands . com

Erstellt mit Vellum

Printed in Poland
by Amazon Fulfillment
Poland Sp. z o.o., Wrocław

48290507R00060